周三顾 著

# 山东毛驴与墨西哥舞娘

天津出版传媒集团
百花文艺出版社

图书在版编目（CIP）数据

山东毛驴与墨西哥舞娘 / 周三顾著. -- 天津：百花文艺出版社, 2025.1.(2025.4 重印)-- ISBN 978-7-5306-8928-8

Ⅰ.I247.7

中国国家版本馆 CIP 数据核字第 2024ZL1845 号

## 山东毛驴与墨西哥舞娘
### SHANDONG MAOLV YU MOXIGE WUNIANG
周三顾 著

| 出 版 人：薛印胜 | 选题策划：徐福伟 |
| 责任编辑：孙 艳 | 特约编辑：赵文博 |
| 装帧设计：丁莘苡 | |

出版发行：百花文艺出版社
地　　址：天津市和平区西康路 35 号　邮编：300051
电话传真：+86-22-23332651（发行部）
　　　　　+86-22-23332656（总编室）
　　　　　+86-22-23332478（邮购部）
网　　址：http://www.baihuawenyi.com
印　　刷：山东临沂新华印刷物流集团有限责任公司
开　　本：880 毫米×1230 毫米　1/32
字　　数：112 千字
印　　张：6.125
版　　次：2025 年 1 月第 1 版
印　　次：2025 年 4 月第 2 次印刷
定　　价：52.00 元

如有印装质量问题,请与山东临沂新华印刷物流集团有限责任公司联系调换
地址：山东省临沂市高新技术产业开发区新华路 1 号
电话：(0539)2925886
邮编：276017

版权所有　侵权必究

# 目 录

山东毛驴与墨西哥舞娘　　001

雁荡山果酒与阿根廷天堂　　021

燃烧的医学院与茂盛的医学生　　039

左手的响指　　065

沂州笔记五题　　129

西安今夜有雪　　165

# 山东毛驴与墨西哥舞娘

山东毛驴与墨西哥舞娘

一

公元1776年，古历丙申猴年，是为越南景兴三十年、日本安永五年、大清乾隆四十一年。这年夏天，乾隆帝六甲在身的宠妃汪氏，一时胎漏出血，遍访名医均回春乏术。吹灯拔蜡之际，粗通医理的户部侍郎斗胆献出东阿阿胶一块。汪氏服下阿胶后竟血止病愈，不久便诞下一名女婴，即是后来下嫁和珅之子丰绅殷德的皇十女和孝固伦公主。弘历晚年得女，龙颜大悦，亲题"贡胶"二字，将优质德州种驴一万头，赐予山东东阿阿胶第十七代传人秦仲轩。就在这一天，远在大洋彼岸的英属北美十三个殖民地签署《独立宣言》，美利坚合众国正式诞生，自此拉开了驴象之争的帷幕。

239年后的公元2015年1月30日，在山东某会议上，国家非物质文化遗产阿胶制作技艺传承人冲冠一怒为毛驴，他说："毛驴这一物种在中国已经濒临灭绝，我提议，让毛驴同牛羊等一样享有大型家畜扶持政策,将其纳入草畜范围……"同年11月22日,中国毛驴协会在山东成立,会长在接受记者采访时表示:"国内牛、羊牧业已相对成熟,而驴牧业却尚处于起步阶段,且存栏量仍以每年3.5%的速度下降。随着大健康时代的到来,毛驴已然供不应求。毛驴协会的成立,是时代的召唤……"

再往后一年,也就是公元2016年。按古历,这一年也是丙申猴年。这一年的大年初八,我的爷爷刘老七家养了十八年的毛驴小黑,随着一孔老磨盘的光荣退役,终于迎来了它卸磨杀驴的驴生闭幕式。从此,在柳溪镇,毛驴和恐龙一样,成为一种概念性存在。

## 二

小黑死前的那声哀鸣,让我感到一种难以言说的悲凉。不单为小黑,也为整个驴世家。

相比于牛羊马等家畜,毛驴是冤屈的。当我们说起牛,我们说"孺子牛",我们说"吃的是草,挤出的是奶";当我们谈到羊,我们说"温顺如羊",我们说三阳(羊)开泰;当我们提起马,我们说"龙马精神",我们说"马到成功",我们说"一马平川"……

但我们却独独辜负了"驴":我们说"好心做了驴肝肺",我们说"驴唇不对马嘴",我们说"黔驴技穷",我们说"卸磨杀驴"。当我们对某人某事不待见的时候，我们甚至会说"你个驴日的"……

我为整个驴世家感到不公！

为给小黑和整个驴世家申冤昭雪，我喝下驴血，抖擞驴胆，誓为千古毛驴树碑立传：王仲宣以驴鸣医腹痛，朱子明携驴画谒徽宗，前有袁郎单驴救主，后有徐叟驴阵退敌……放眼五湖四海，说不完的汗驴功劳，道不尽的神驴往事，今日我且将这一腔驴血抛洒，唱一出悲壮的人驴义事。

三

在中国，关中驴、德州驴、广灵驴、泌阳驴、新疆驴堪称驴界良心。而在这五大驴种中，德州驴又一枝独秀。单纯从体态上来划分，德州驴又包含三粉驴和乌头驴两大品种。德州驴耐粗饲、抗病强，深受驴农喜爱，被二十四个省市引为种畜。我爷爷刘老七养的毛驴小黑就是一头千年难遇的三粉德州毛驴，驴高162厘米，驴长186厘米，驴围223厘米，堪称一代驴王。

俗话说："牲口好不好，单往槽里找。"得益于我爷爷刘老七家那大如山楂的杂交黄豆，三粉德州驴王小黑才得以如此出类拔萃。说起这杂交黄豆，就躲不开那位红唇烈焰的墨西哥舞娘。而说起这位墨西哥舞娘，我就又想起了贾先生。

## 四

我爷爷刘老七家门前有条街，街边有棵榆钱树，树下有位外乡人，人人唤他作贾先生。榆钱树下的贾先生，逢二、七日谈天走棋，逢三、八日治病打卦。

贾先生，民国二年来到柳溪镇，住在镇西浮屠寺，手长袍短，脸瘦须白，双目炯炯有神。因对佛家经义有些参悟，常与寺中方丈坐而论佛。斋戒多年，虽未受戒，也算得半个和尚。贾先生为人大方，时常予寺里僧众些好处，故与寺中方丈交厚。方丈剃度八十余载，气象不俗，二人交情可谓清茶一杯，无甚芥蒂。

说来也奇，柳溪一镇，乡邻三万，竟历来无人知晓贾先生的年纪。有好事者张三跑到寺间问："我说您老高寿啊？该有八十了吧？""您好眼力。"贾先生笑一笑。李四蹲在榆钱树下，伸出十个指头："您老有这个数了吧？""您好眼力。"贾先生依旧笑一笑。张三不甘心，觍着脸又追问："您老什么地方人啊？"贾先生还是笑一笑。终究没有人知道贾先生的年龄和来历。颇为奇怪的是，二十年说过就过，镇上一茬几百个老寿星作了古，贾先生却依然精神矍铄似当年一般模样。当年不管是穿着屁帘儿的人参娃娃，还是二三十岁娶了媳妇的后生，都唤贾先生一声爷爷。二十年后，当年的人参娃娃娶了媳妇生了孩子,仍旧喊贾先生爷爷;当年的后生现今做了爷爷的,也只能随旧历喊贾先生爷爷。这一来,自然是乱了辈分,好在贾先生是个外来户,也就没了讲究,年轻些的只管占了便宜。

时光流转,贾先生依然是那个贾先生。

## 五

贾先生是个怪人。

比如说"穿"。贾先生平日多是一副农家老汉的打扮,但每逢饥馑之年,虽寄身寺院,竟常以道人打扮示人,抑或身穿袈裟手拿拂尘,更甚者左穿袈裟右着道袍,让人难分僧道。

再比如说"医"。贾先生学问驳杂,精《归藏》,通六爻八卦,于岐黄之术也颇有几分道行,悬壶一方,救人无数,不似一般的江湖术士只管蛊人钱财,不管他人死活。故而乡人家中有老小、牲畜出了差池,都会到榆钱树下寻贾先生求几副草药,把贾先生当菩萨一般看待。

菩萨一般的贾先生,不问贵贱,不收金银,但若找他求医问药,定要备好毛驴一头、黄豆二两。贾先生骑在毛驴之上,哼着小曲,吃着黄豆,近百年的道行在腹中翻腾。驴背上的贾先生没有想到,吃进去的黄豆竟还有吐出来的那一天。

# 六

贾先生一生所好甚多，其中以"棋"为最。

我爷爷刘老七说，我们村原本叫作五里堡，只因北宋嘉祐年间出过一位进士，街以人传，久而久之，村里人也就以进士街人自居了。"你哪庄？""进士街！"这街在前朝是操着蓝青官话的公差进京的官道，沿途设有驿馆，比寻常街道要宽上许多，乡人因地制宜把它选作了集市的场地。集市上卖什么的都有，自然也有卖艺的，比如这贾先生，卖的就是几十年未曾败北的棋艺。逢二、七日，贾先生早早地支一个马扎往榆钱树下一坐，扯起嗓子喊一声："乡里乡亲，老少爷们儿，南来北往的，愿意赏口饭吃的近前来赐教喽……"

于是就有懂些棋路又自觉手底下有些斤两的庄稼人上前支招，也有这过往商客不问输赢只图个乐呵的近前讨教一局。贾先生摆棋摊，几十年都只是一副不哭不笑的冷面相，赢了棋，无论对手年长与否，都起身一躬到底："得罪了，亏得您手底下留情。"对手一走，仍旧冷着一副脸坐定了。输了棋的，无一人觉得丢面子，回头也还来讨教。二十年来，不知有多少人坐在贾先生的棋摊前，也不知贾先生用坏了多少副棋盘。有人专门来榆钱树下请贾先生去市里参加象棋大赛，指着他拿回个荣誉，给柳溪两岸的百姓长长脸，可贾先生却欠欠身对来人道："恐辱没了柳溪一干乡邻的厚爱，还是自重些为是。"口气甚为谦逊，听起来不像个乡野老者，倒像个学究先生。某日，有好事者专门请来象棋国手与贾先生对弈，企图打破贾先生不可战胜的神话。贾先生欣然接受。来人在棋摊前坐定，拈起一颗棋子看了看说："绿松石，原产于湖北郧阳，多用作饰品，制棋还是头一回见。手工磨制一副棋，少说也要两三年，不是爱棋之人难有这份耐心。"说完他放下棋子，正色道："历城楚代，光绪三十年师从吴卿章，讨教了！"贾先生放下手头的《金刚经》，看看来人，起身深鞠一躬，道："不敢，远道而来，请执红。"

楚代棋路杀气颇重，不过三十步棋，就已将手下车、马、炮全部打入敌营深处，眼看一两步棋间便可将敌方帅府端掉。亏得柳溪三万父老乡亲如此高看贾先生，眼下他竟无半点儿进攻之力，只好专事防守，再不见有什么惊人之举。旁观者暗自为贾先生捏了把汗，心下忖度着，人道是一山更比一山高，贾先生的棋摊摆到头了。再看贾先生，竟面不改色，一如往常，似乎丝毫没有意识到自己已危在旦夕。

四十步棋过后，楚代步步紧逼，车、马、炮轮番将军，杀气大盛，一副宜将剩勇追穷寇的态势。旁观者已不忍直视，纷纷走开，唯二三后生棋盲尚存侥幸之心。再看贾先生依然不慌不忙，一手把玩着佛珠，一手依次调配着帅府周围的马、士、相，舍身护主，不时将老帅从大殿请到暖阁，再从暖阁请回大殿，负隅顽抗。几个回合下来，楚代竟也奈何不得，额角渐渐有了汗珠。

五十步棋过后，贾先生转守为攻，先把守在大本营的两名大车调到前线，又以帅府周遭的近侍与敌人周旋，于喘息间将对方士卒挨个儿拿掉。七十步棋过后，当楚代还在闷头进攻的时候，贾先生的两名马前卒已然驾着汗血宝马越过了楚河，兵临城下。贾先生道一声"得罪"，两匹战马就夹住了敌府。楚代猛地一惊，赶快将大军回撤，孰料为时已晚，两门红衣大炮早已将楚代帅府炸得鸡飞狗跳，两名精兵也已潜入敌后。楚代输了……

## 七

却说这一年古历八月初七，恰逢柳溪镇一年一度的龙王庙庙会，进士街上人山人海，好不热闹。榆钱树下棋摊前，贾先生气定神闲，送走一茬又一茬棋客。时近正午，一辆美式吉普车轰鸣着飞驰而来，撞翻了张三的西瓜摊，碾断了李四的痤疮腿，然后吱呀一声，停在了棋摊前。车门一开，先下来一个荷枪实弹的大头兵，又下来一个戴瓜皮帽的"六指儿"绍兴师爷。

"你就是贾老头儿？"先下车的大头兵问。

"我姓贾，也的确是老头儿。但柳溪镇姓贾的老头儿少说也有百八十个，不知你要找的是哪一个？"贾先生手捻棋子，不看来人。

"那你是不是会看病的那个贾老头儿？"先下车的大兵把手里的枪立在地上，似乎是想以此增加自己说话的分量。

"我姓贾，也会看点头疼脑热的小病，但在柳溪镇，各位乡党都尊称小老儿一声'贾先生'。你说的'贾老头儿'我不认识，也不知道柳溪镇有这么个人。"贾先生依旧手捻棋子，端坐一方。

"给脸不要脸，信不信我一枪崩了你的秃瓢？"先下车的大兵把枪端起来，指着贾先生。

"临死听个响儿也不错，你且随意。"贾先生闭上眼，神态安然。

先下车的大兵见自己受了戏弄，抡起枪托向贾先生砸过去。"六指儿"走两步将枪托挡住，抬手把对方支到了一边。"贾先生莫动怒，兵痞子性子粗，您老莫与他一般见识。"说完，一躬到底。

"看来还有说人话的，说人话的人只要不是得了绝症，就都有救！"

见贾先生如此不把他们放在眼里，先下车的大兵又要动粗，被"六指儿"使个眼色喝退了。

"是这么回事，贾先生，我们师座，也就是咱们临沂城驻军四十六师熊师长，今已年届花甲，无奈发妻未添枝叶，连娶九房如夫人,终得一子,年方三岁,甚得熊师长怜爱。俗话说母凭子贵,加之九姨太乃是墨西哥人士,能歌善舞,异国风情浓厚,所以我们师座宠幸九姨太也就是顺理成章的事了。不承想,近来九姨太偶染怪疾,奇方用尽,不见好转,数月间竟落得形销骨立的境地,疼煞我们师座。听闻贾先生有起死回生之能,还请贾先生于百忙中随我走这一遭。"

贾先生早有耳闻,这四十六师熊作义的九姨太,原本是十里洋场一舞娘,如今做了熊某人的小老婆,倒卖烟土和妇女,坏事做绝。

"恕小老儿无能,众国医名手都治不好的病,我更是无能为力。再者,我寄居柳溪镇已有些年岁,一干乡党无人不知我的脾气。二、七日谈天走棋,三、八日治病打卦,几十年来不曾坏了规矩。再者,我行医出诊,不求金银钱帛,毛驴和黄豆,自是一样也不能少。"贾先生说完,复又闭眼打坐起来。

"治病救人,功德无量,虽坏了规矩却也高风亮节。毛驴虽无,但美国人造的这'铁毛驴',贾先生不妨屈尊一坐。""六指儿"边说边顺势做了一个邀请的手势。

贾先生岿然不动。

"贾先生,毛驴谁都坐过,'铁毛驴'可不是谁都能坐的,您当真不想感受一下?"

贾先生岿然不动。

"贾先生,我们师座为了九姨太的病,近来脾气可是不太好。""六指儿"渐露凶相。

贾先生岿然不动。

"明天就是初八,毛驴我备好,黄豆也管够,我也让你见识见识我们四十六师的规矩。"烟尘四起,"铁毛驴"消失在柳溪镇……

## 八

八月初八一大早,一声驴叫震山倒。

那驴叫震断了梧桐山上一棵歪脖树,震落了胡屠户小儿子的三颗门牙。贾先生循着驴声望去,榆钱树下棋摊前,正拴着一头大叫驴,驴周围黑压压一片大头兵。贾先生心下一惊,好一头雄壮的大黑驴!但见这驴,其高如骡,其长如马,其壮如牛,真是一匹千年一遇的神驴!

神驴面前,"六指儿"一脸坏笑。"找遍天下也找不出第二头这么威风的驴了,今天神驴尽着你骑,黄豆尽着你吃!"说罢,他抡起长枪托,砸向神驴腹,"满满一筐墨西哥黄豆,让你开开洋荤!"神驴一声惨叫,跷起前蹄,抖擞屁股,一大坨驴屎喷涌而出。但见这驴屎之中,豆大如螺。

"全吃了,一颗都不能少。""哐——哐"两声枪响,"六指儿"手中长枪冒出缕缕青烟,接着,一群兵痞子向贾先生围拢过来。"啪——啪"又是两声脆响,几个大头兵满嘴是血地倒在地上哭爹喊娘。没人看见贾先生是如何出手的。

"六指儿"冷笑一声,一群被五花大绑的乡党已经被捆在了榆钱树上。

"天大的罪过贾某人自己担,与乡亲们何干——"没等贾先生说完,又是"哐"一声,一位老者已脑浆迸裂,哭声一片。

"剩一颗,我杀一双。"

贾先生后退两步,脱去袈裟,将拂尘倒挂,缓缓弯下腰去。"哐哐——哐哐——哐哐",榆钱树下响起一片枪声……

这一天,柳溪镇没有下雨,但乡亲们的心里都湿了。

## 九

临沂城,熊作义府邸。

"贾先生,熊某已恭候多时!"熊作义向贾先生深施一礼。

"成王败寇,无须多言,带我去见病人。"贾先生气沉丹田,压住腹中翻滚的驴屎。

贾先生跟着熊作义,穿过几条回廊,七拐八拐地来到客厅。分宾主落座后,勤务兵沏上一碗普洱茶来。贾先生醉翁之意不在茶,开门见山地说:"把病人请出来吧。"

"痛快!"熊作义面露笑意。

不一会儿,有人抬出一张雕花木床来,床上一个骨瘦如柴的异国女子,虽气若游丝却仍妖媚难掩。不用想也知道,床上躺的便是九姨太墨西哥舞娘。贾先生一搭手,倒吸一口气,复又转为喜色。

"贾先生,荆室还有救吗?"

"病是小病,只是……药引子难寻。无此药引,纵是大罗神仙,也怕回春乏术。"

"只要是临沂城有,没有熊某人拿不到的!"

"我明日差人把药配好送到府上,若贾某治不好九夫人的病,贾某愿陈尸熊公馆门前!"

"贾先生不慌走,屈尊在我府上住些时日,熊某也好略尽地主之谊。"熊作义脸上划过一丝不易察觉的狡诈。

"驴屎都吃得,龙潭虎穴也住得。"贾先生咬字如铁。

"药引为何物?"熊作义逼视着贾先生。

院子里忽然响起一声驴叫,震得桌上的茶碗嗡嗡作响。

"一副六指儿,外加柳溪镇老榆钱树下的泥巴。"

"六指儿?——倒也好找,可泥巴为何非得是榆钱树下的呢?"

"方圆六百里,唯柳溪老榆钱寿比彭祖,其中玄机不便细述。"

…………

贾先生"住"在了熊公馆,当天夜里便听见府中有人鬼哭狼嚎。贾先生大笑三声,酣然入睡。

## 十

半月后,熊作义撤走了看守贾先生的大兵。

又半月,熊府上下歌舞升平,墨西哥舞曲随处飘荡。

熊作义亲自驾驶"铁毛驴"送贾先生回了柳溪,亲卫队扛着"妙手回春"的牌匾,一路敲锣打鼓。

"贾先生,请收下这点薄礼!"

熊作义话音未落,一个大兵抬出一个箩筐,又一个大兵牵出一头雄壮的大叫驴来,驴后紧跟着走出一位衣不蔽体的女子,在榆钱树下翩翩起舞。"啊偶——啊偶",神驴像是在给墨西哥舞娘伴奏。

贾先生面露疑色,熊作义哈哈一笑:"先生平生所好,以毛驴和黄豆为最,熊某人特意把这头千年难得一见的德州三粉驴送给贾先生当个脚力。另外,这驴之所以如此雄壮,其中关节全都在这筐里了。"旁边卫兵随即打开箩筐,贾先生上前一看,是满满一箩筐黄豆,大如山楂。

"这可不是一般的黄豆,荆室和先生同好,自小喜食黄豆,便从那大洋彼岸的墨西哥国带了这洋玩意儿来。"

贾先生轻捻银须道:"多谢熊师长和九夫人的美意,小老儿收下了。九夫人的病已恢复了十之八九,这最后一服药,可保九夫人痊愈。"说罢,从兜里掏出一个黑得发亮的药丸,递给熊作义。

熊作义复又深施一礼,坐上"铁毛驴"绝尘而去。

## 十一

见人已走远,贾先生鸣锣聚众。不一会儿,全村老少爷们儿都聚在了榆钱树下。贾先生从老榆钱树下的树洞里掏出一个包袱,说:"明日卯时有雨,三日不断,千年古镇或将化为泽国。各位乡党即刻收拾家当尽快散去。小老儿寄居柳溪多年,蒙各位乡党不弃不胜感激,这是小老儿一生积蓄,权当小老儿一点儿心意。"贾先生将金银细软连带大叫驴和那一箩筐黄豆依次分给众人。听我爷爷刘老七说,分到大叫驴和墨西哥黄豆的那个人叫刘三麻子,也就是我的太爷爷。

第二日。原本熙熙攘攘的柳溪镇已空空如也,贾先生一个人坐在榆钱树下气定神闲。一辆"铁毛驴"向树下疾驰而来,其后一队大兵抬着一口棺材,棺材里躺着墨西哥舞娘。

"姓贾的,我熊某人一生久经沙场,却没想到栽在了你的手里,休怪我心狠手辣。"

原来这墨西哥舞娘并不是得了什么不治之症,而是暑天里随管家下河洗澡,不习水性,误吞了带有蚂蟥卵的河水。蚂蟥幼虫在其肚子里安了家,天长日久把她吸干了。那日贾先生切脉,料定是这毒物干的好事,便寻来泥巴蒸作药壳,里面尽是填了些滋补之药。这蚂蟥有个土名叫地龙,喜欢在河泥里闹腾。那舞娘服过河泥后,蚂蟥便钻入其中。待这河泥随五谷轮回被排出体外后,舞娘的病自然也就好了。而贾先生之所以让熊作义取榆钱树下的泥巴,只因十里八村众乡党凡请贾先生出诊,都牵毛驴到榆钱树下来,榆钱树下的泥巴早已三分是泥七分是驴屎了。

"诸法因缘生,诸法因缘灭。因缘生灭法,佛说皆是空。看来这砒霜也会崇洋媚外,哈哈哈,小老儿已恭候多时了。"

"老贼秃,临沂人都说你是活菩萨、活基督,今天我就成全你!"

"诸行无常,一切皆苦。诸法无我,寂灭为乐。"

一群大兵扑上来把贾先生按在榆钱树上,将四枚寸许长的铁钉钉进了贾先生的四肢。鲜血染红了树下的泥土,树上的人依旧谈笑风生。

"你吃了一辈子黄豆,今天我定要看看你肚子里都装了些什么!"

一把钢刀插进了贾先生的腹部。

"寄蜉蝣于天地,渺沧海之一粟。哀吾生之须臾,羡长江之无穷。挟飞仙以遨游,抱明月而长终。知不可乎骤得,托遗响于悲风。"

"叮当当——叮当当",数不清的金豆子从树洞里往外涌。

"啊——偶,啊——偶",远处突然响起一片驴鸣,一大群雄壮的黑驴正向树下奔涌而来。狂风大作,大雨如注,十里之外昂首阔步的黑驴山轰然倒塌,山洪四泄,千年柳溪汪洋一片。

## 十二

三日后。残阳如血,洪水从柳溪镇逐渐退去。重返故土的柳溪人发现,被开膛破肚的贾先生早已不知去向,榆钱树上伸开双臂的,是一张硕大无朋的黑驴皮……

# 雁荡山果酒与阿根廷天堂

○

清光绪二十五年、日本明治三十二年、越南成泰十一年、公元1899年8月24日，日本神奈川地区的砚商大泽利明来到逐水镇，以一幅雷诺阿宫廷画为见面礼，妄图从逐水镇大儒周汝霖那里，打听到关于森一楼为何一夜之间灰飞烟灭的蛛丝马迹。无奈我这位不识时务的本家对宫廷画未能表现出应有的热情，大泽利明只能收拾好行囊和心情无功而返。

次年秋天，大泽利明再次只身来到逐水镇，以一本《齐论语》叩开了周家的大门（传《齐论语》已失传1700年，笔者家中存有《齐论语》残卷，《知道》《问王》两篇保存完整，但不能释读）。此后三天，周家闭门谢客，银须飘荡的私塾先生与砚商促膝长谈。三日后，大泽利明悄然归国，不久即写成《西洲怪谈》十二卷。然1996年江汉国学论坛，据国立武汉大学吴可熏教授考证,《齐论语》为唐人伪作。

现在,砚商的孙女竹子小姐就坐在我的对面,面前是摊开的《西洲怪谈》第九卷。她食指按压在第345页的右下角,以便视力不佳的我能一边享用葱爆小龙虾,一边全身心地投入到我的本家这篇充满史学气息的自白中。

## 一

在我不甚准确的记忆中,与逐水一族有关的传说开始于龟水西岸:那时有熊氏刚刚败给了三只眼睛的蜑辛氏,司灶官伯黍在战场上丢了粮草,黄帝用竹镰穿胸之刑处罚他,又把他的族人发配到龟水西岸。伯黍在龟水边种麻,把收割的麻一半用来做鞋子,一半用来结绳记事。附近的部落听说了伯黍的本领,就把他封为自己部落的史官,请他记录部落里的大事。掌管龟水的神记恨伯黍比自己博学,就让龟水三年一决堤、五年一改道。伯黍不敢违抗黄帝的命令,带着族人随龟水迁居。伯黍的事迹传到黄帝那里,黄帝对周围的人说:"就把他的族人叫作逐水氏吧。"黄帝去世之后九年,伯黍的儿子出生,取名仓颉。仓颉造字,并制服了龟水。

逐水一族最初的传说就是这样,故事记录在康熙二十一年《逐水族志》中第一个章节。编撰者,汝宁望族周汲,雍正元年殁于脑积水。

我迷信白纸黑字，对只言片语的传说实难服膺。大清同治十三年、日本明治七年、公元1874年夏天，我头顶蓑衣，迈着乡村小吏一样的步子，前往西南方三十里外的儒林村，向刘鼎均老先生讨教我们逐水一族的前尘往事——因与逐水一族来往密切，刘鼎均老先生曾见证我的族人从沭河下游迁居到沂河中游的整个过程。儒林村肯定了我的族人逐水而居的事实，但他那个在英国攻读东方考古学的独腿孙子于1880年春接连三次向我致信，声言他们的祖父早在1866年冬就已吞墨自杀，若我执意罔顾事实，他们的拳头将让我后悔来到这个世上。

龟水西岸的后人生而好静，族人中不乏因昼夜不停地蝉鸣而自焚者，我四十岁以后曾三度罹患耳鸣症，记忆难免失真。饶是有儒林村的支持，即断言族人对江、河、湖、海有着先天的喜爱，亦不足信——逐水镇历来严禁游泳，族人中的夭亡者十之七八死于溺水，其余则在漫天大火中集体殉难。

族人博闻强识，对各类文献的好奇程度无以复加，他们生命中一半的时间在阅读，另一半时间则用来寻找新的典籍。从龟水到沂河，族人渊博的知识震古烁今，然却从未在史传官钞中留下蛛丝马迹。在皇皇八千页的族谱中，他们曾与苏秦、张仪在朝秦暮楚之地雄辩三日不落下风，与老聃、庄子坐而论道，羽化升仙；他们倚马千言登高必赋，三国两晋遗名篇；他们对酒当歌，临江慨叹，诗成李、杜伯仲间；他们白衣填词舞翩跹，三千红颜作江山；他们说鬼画狐，五百《聊斋》有其三……江山更迭，族人博览群书，学问日益精进，对知识的过分痴迷，使得他们对"学而优则仕"的古典逻辑羞于启齿。尧帝以降，逐水一族未有谋得一官半职者。

二

我的父亲是族人中的异类，对现实世界缺乏兴趣且十分健忘，但每每言及初为人父时的情形，他的表述几十年来从未改变，一如当初他在日记中写到的那样："我的儿子在难以描述的墨香中呱呱坠地，香气在沭河两岸绵延几十里。没人说得清这种香味从何而来，然而比这奇异的香味更让人不解的，是产房外无端爆裂的竹节。"族中年逾耄耋的老人说："那沁人心脾的墨香让我闻到了图书馆的味道，我在这图书馆中看见了天堂。"

诚如耄耋老人所言，我对知识的渴望和掌握能力都大大超越了族人。我在鸦片战争的炮声中来到人世，满月即识字。百日宴上，为了满足父亲的虚荣心，我写下了人生中第一首七言绝句；冬天到来的时候，我在众目睽睽之下奶声奶气地将"四书五经"倒背了三次。当我在周岁宴上按照客人随机报出的篇目流畅地背出"二十四史"中任一卷册的时候,大家已然觉得理所当然。

好事不出门,坏事行千里,在逐水镇,比坏事传得更远的是一个神童的出现。宴席上的黄花菜还没有凉透,多年不走动的远房表叔就带着生僻的甲骨文来寻我辨识真假了。比表叔晚到一步的是住在沭河上游的三姨姥,她带来的是一封书信。信是她年轻时的波斯情人寄来的,信的内容用中世纪时期的意第绪语写成。远房亲戚们此走彼至,他们带着逐水一族闻所未闻的文字或者书籍来到逐水镇,然后在饱餐一顿葱爆小龙虾之后心满意足地离去。随着他们的离去,我不断被外面的世界所熟知,而我能够读到的书籍也越来越多,多到我常常在梦中看见自己长成了图书馆的模样。

十八岁那年的夏天以后,逐水镇再也找不到一本让我感到快乐的书,千篇一律的词句让我在看到封面的第一眼就已兴味索然。

无书可读的日子里,家家艳羡的神童变成了人人鄙夷的傻孩子。三日不读书,可憎的不只是面目,还有一个青年看待世界的态度。少了书籍的灌溉,我变得狂躁而忧郁,我怕火,怕正午时分热辣辣的阳光。在逐水镇街头,我是一个终日无所事事的浪荡子,我的身体日渐消瘦,眼睛塌陷,视力锐减。更可怕的是,我的记忆力也大不如前,"二十四史"已然不知所云,"四书五经"也与我形同陌路,昏昏然一觉醒来,竟连自己是谁也成了问题。

"江郎才尽"固然可惜,"伤仲永"更贻笑大方。家中的餐食一如既往地丰盛,我却再无颜面咽下一粒米。与其让家门蒙羞,不如油尽灯枯。在一个平平无奇的午后,我拖着残破不堪的身体来到龟水西岸,来到族人繁衍生息的祖居。我跪倒在龟水之畔,随手捡起一贝壳。龟水岸边的贝壳像人言一样锋利,轻轻一划,便在我的胳膊上划开一道长长的口子。

也许我已经不配做一个人,我的血管里流出了墨黑色的血。我扬起胳膊,让无用之人的无用之血滴落进龟水。我的祖先饮龟水而开枝散叶,不肖子孙要把自己还给龟水。龟水奔腾,无风自起三尺浪,好似千百万册竹简漫天飞舞。

## 三

族人们把我抬回逐水镇的时候,已是三天后。我的血流了三天三夜,染黑了整条龟水,龟水也因此断流。求生不易,求死竟也如此之难。龟水断流满三月,父亲生平第一次走出了逐水镇,开始了他的寻书之旅。逐水镇向来以善藏他处不藏之书著称,想寻到一本逐水镇不藏之书,何其之难也!

我对父亲的徒劳之举不抱任何希望。不畏死,何惧生。父亲不在的日子里,我像草纸一样在逐水镇随风飘荡,然后被族人如厕纸般丢弃。在香烟袅袅的祠堂外,我闻到了一股沁人心脾的异香。我拖着残破的身躯爬起来,循香味而去……没有人相信我吃了一张《万国公报》——可我的确这么干了,并且一发不可收拾。"三月不知肉味",夫子诚不我欺。

父亲回来之前,在逐水镇,支撑着我活下去的是邮差每日按时送到的《万国公报》。秋风吹了三遍的时候,父亲踏着枯叶回到逐水镇——他没有带回任何一本我没有读过的书,却带回来一个消息:逐水镇北五十里,有座森一楼,网罗天下之书,千百年来第一次公开征召洒扫(也就是文明人常说的图书管理员)。为了活得像个正常人,我人生中第一次离开了逐水镇。没人在意一个废物的死活,我的离去没能在族人中引起些许波澜。从逐水镇到森一楼只有五十里,可我却走了三天三夜。

当我站在森一楼前的时候,口中正大快朵颐着《虞初新报》的最后一版,此版的右下角,讲述了一位落第举子因在恩科前夕窃书失掉了应考资格,却幸然逃过了贡院考棚里的一把大火的故事。坦白地讲,由外而观,森一楼比我想象的小得多。

我在这座六角形的小楼前站了一刻钟,然后在月牙形的小门上敲了九下。开门的人似曾相识,黄髯黄须,五官甚为平坦,与逐水一族甚为相似。老者自报家门姓牍,我便也三言两语表明了来意。牍先生说森一楼不比别处,这里的洒扫必须学贯古今胜似大儒,毛遂虽多,几十年来能在森一楼过夜的人却依旧只有他一人。从走进这六角形书海的那一刻起,书页翻动的声音就在我的脑中沙沙作响。我欣然接受了牍先生的考核,因为逐水镇那个无所不知的人又回来了。

牍先生的问题,从《书经》到《诗经》,从《国语》到《子不语》,从"玉茗堂四梦"到《红楼梦》,从浑天仪、地动仪到指南车、千里船,从葛洪炼丹术到苏东坡养生学,从沈括《梦溪笔谈》到宋应星《天工开物》,从欧罗巴血统论到日耳曼迁移史,从东印度公司到英属北美殖民地……当我接连回答了牍先生九九八十一个问题之后,老爷子认真地看了我一眼,问:"逐水族人?"我愕然称是。

知道我的身份后,牍先生沉默良久,转身上了楼。我不知道自己该留下还是就此离开,书呆子般站在六角形的大殿里,听候发落。我等了整整九天,九天里,我贪婪地吮吸着空气里芬芳的书香。在这六角形的天堂里,我仿佛听见千千万万的人在窃窃私语。夜晚来临,我躺在六角形的一条边上,感到前所未有的安恬。清晨,我在六角形的第六条边上醒来,牍先生向我表达了祝贺,并告诫我,森一楼的镜子里,永远不能有我的身影。牍先生的语气不容辩驳,而我却丝毫不觉意外——对镜子的憎恶,逐水镇比森一楼更甚,我的曾祖父、祖父、父亲,以及我,从出生那天起就知道,镜子和女人一样无趣,逐水一族历来没有照镜子的先例。

## 四

森一楼一如它的名字,纤尘不染,新任洒扫形同虚设。日复一日,我开始意识到,除了能在闭馆后依旧留下来读书,我与森一楼的其他常客无甚差异。我一向轻视六角形,如今置身其中,我竟数不清它到底有多少层。每当我更上一层楼,上面却总还有一层等着我。无功受禄,每月初,我从胺先生处领回薪水。我为此深感不安,而胺先生却不以为意。

又一次重温《项脊轩志》的时候,我忘记了自己的洒扫身份,开始心安理得地当起了读者。从第一层到第八层,我用了三天,无趣之书味同嚼蜡,留不住逐水一族的脚步。在九楼渤海厅,于六角形的第三条边上,我用一个月的时间读完了安庆府刘霖漳的巨著《北方游牧民族迁徙考》。此书笔力雄健,考据翔实,全书引证306处,唯第三卷第七章所引略失严谨。内容引自《坤舆志》第三千七百九十二卷第四百章,此书藏于森一楼第八十一层太虚馆,代码E2l3C6I9E3L2O6。

从第九层拾级而上,在第十层昆仑馆,我读到了焦循点评本《红楼梦》,此版凡一百一十回,书中点明,后三十回引自《坤舆志》第一万一千三百九十卷第二十一章《散轶·文学部》。红学界历来认为,《红楼梦》前八十回为曹雪芹原作,其余皆散轶。这兀自跳出来的后三十回吊足了我的胃口。第十一层潇湘馆所藏《全唐诗》,共收录唐诗四万八千九百九十三首、凡二千二百五十一人,比通行本《全唐诗》多出诗三十六首、诗人十二家。此十二家诗亦引自《坤舆志》第一万一千三百九十卷第二十一章《散轶·文学部》。

牍先生和我一样热衷读书,对森一楼疏于打理。每日开门迎客三千,折损、丢失书籍百余卷,牍先生始终不以为意。想来也不难理解,森一楼藏书以亿计,日均新收录九千卷,何惜区区百卷。让我不解的是,牍先生虽对我时有夸赞,可自我入馆以来,就再没有与我有过任何有价值的交流。每当我浏览群书更上一层楼,牍先生额头上的皱纹似乎就加深一分,而我也越来越觉得牍先生面熟起来。

在森一楼,我生活得如鱼得水。今夕何夕,六角形中的人并不关心。时光在六角形的任意一条边上似乎都会静止。明媚的午后,我立在六角形的一个点上,翻阅每一本书都像打开一个全新的自己。长时间的阅读损耗着我的视力,翻阅《庄子·内篇》的时候,我看见自己的手指与书本已经没有了明显的界线。我不知道是我在翻动书本还是书本在翻动我,在六角形的森一楼,我觉得自己已经与汪洋书海融为一体。

五

牍先生第一次邀请我到他办公室的时候,我刚把梅文鼎批注版《庄子》放回第十二层北冥馆。牍先生的办公室在第七十二层,当我满头大汗地出现在牍先生面前的时候,看见他像一本线装书摊开在交趾椅上。墨黑的汗水从我的额头上滴下来,我精准的记忆又一次出现了混乱。"线装书"徐徐合起,牍先生起身和我握手。牍先生的手干枯如纸,没有一丝水分。隔着一张楠木书桌(桌上铺着一张16世纪的世界地图),我和牍先生面对面坐着,像一本书的正反两页。牍先生似乎对我的一举一动了如指掌,他谈起了庄子,没有任何铺垫。他说:"方生方死,方死方生;方可方不可,方不可方可;因是因非,因非因是。"我明白牍先生的意思,但我实难苟同,我搬出了我那位喜欢养鹅的老乡,我说:"固知一死生为虚诞,齐彭殇为妄作。"牍先生看了我一眼,知道无法说服我,只好退一步,寄情于谪居的东坡居士:"寄蜉蝣于天地,渺沧海之一粟。哀吾生之须臾,羡长江之无穷。挟飞仙以遨游,抱明月而长终。知不可乎骤得,托遗响于悲风。"牍先生长叹一声,我在他的叹息声里听到了彻骨的绝望。

从第十三层到第三十层,我用了三年时间。三年里,我和牍先生仅聊了三次。牍先生醉心于明清小说和唯心派哲学,而我对天体物理学、中医学更为偏爱。柳泉边的狐鬼传说和阳明先生的英灵始终弥漫在牍先生的脸上,一如我沉浸在牛顿力学和《伤寒杂病论》中不能自拔。从第三十一层到第六十层,我和牍先生再没有过交流。在第六十一层琅琊馆，我和牍先生辩论了三天三夜。我们旁征博引、引经据典，始终无法说服对方。我们意识到这种辩论毫无意义，我们恰如一页书的正反两面。我只能看到自己，而牍先生除了自己什么都能看见。

我在第六十一层读完了六个版本的《佛说九横经》、五个版本的《浴佛功德经》、四个版本的《三一神论》、三个版本的《重阳立教十五论》，在第六十二层读完了英译《东京梦华录》《博物志》《洛阳伽蓝记》《正统北狩事迹》《识小录》《云蕉馆纪谈》《画禅室随笔》《金陵琐事》《娑罗馆清言》《秋园杂佩》，在第六十三层读完了《农桑杂俎》《氾胜之书》《安骥药方》《辨养马论》《捕蝗要说》《蚕事要略》《茶山节对》《东篱纂要》《多能鄙事》《花史左编》《北墅抱瓮录》《王良相牛经》《辨五音牛栏法》《东省养蚕成法》《二如亭群芳谱》《虎丘茶经补注》《留云阁捕蝗记》《周穆王养马经》。

在第六十四层，我背着牍先生读完了《杂事秘辛》《飞燕外传》《控鹤监秘记》《汉宫春色》《河间妇传》《痴婆子传》《闺艳秦声》《海陵王》《杏花天》《绿野仙踪》《游仙窟》《帘外桃花记》《倭袍记》《如意奇缘》《玉蜻蜓》《绣榻野史》《灯草和尚》《桃花庵》《如意君传》。我本以为牍先生毫不知情，隔夜卧榻上竟多了一摞线装珍品，乘兴翻阅，依次是《昭阳趣史》《呼春稗史》《春灯迷史》《浓情快史》《隋阳艳史》《禅真逸史》《株林野史》《禅真后史》《巫梦缘》《金石缘》《灯月缘》《一夕缘》

《五美缘》《万恶缘》《云雨缘》《梦月缘》《聆痴缘》《桃花影》《梧桐影》《鸳鸯影》《隔帘花影》《石点头》《清风闸》《蒲芦岸》《碧玉狮》《摄生总要》《梼杌闲评》《豆棚闲话》《弁而钗》《宜香春质》《僧尼孽海》《芍药榻》《人中画》《洞玄子》《五凤吟》《咒枣记》《引凤箫》《蝴蝶媒》《幻中游》《凤凰池》《赛花铃》《贪欢报》。在第六十五层，我重温了《齐物论》……根据脚注，这些书中亦有条目引自《坤舆志》。

我的阅读速度越来越快，视力却越来越差，在我登上第六十六层的时候，家族性失明症找上了我。在一天时间里，上帝留给我的光明已不足四个时辰，我不得不加快阅读进度。我的曾祖父六十岁失明，我的祖父六十岁失明，我的父亲五十岁至今目光灼灼，而我还不到三十岁却罹此大难。我阅读的欲望越来越强烈，从第六十七层到第八十层，我只用了半年。

当我读完第八十层中最后一本书的时候，胈先生破天荒派人在第一层入口处装了一面镜子，并邀我一同对镜自省。镜子固然诱人，但《坤舆志》却胜过一切。我绝望地发现，从第一层到第八十层，没有哪一本书能逃过《坤舆志》的覆盖，一如我逃脱不了失明症的诅咒。我在光明谢幕之前登上了第八十一层，我看见连绵不绝的书架上空无一物，在第八十一层的入口处，"太虚馆 E2l3C6l9E3L2O6"的字样异常醒目。我恍然若失地瘫坐在太虚馆中央，六角形顶端的暹罗钟响了十二下,我迎来了自己的三十岁生日。与生日一起到来的,还有家族性失明。如今,黑暗与光明对我已不重要,六角形天堂已尽在我心。我越过第八十一层,更上一层楼,等待我的不是第八十二层,而是第一层——在六角形的入口处,胰先生正峨冠博带地立在镜子面前,神情庄重。我深吸一口气,走向胰先生。当我与胰先生肩并肩出现在镜中的那一刻,我看见了从猿到人的远古时代,看见了黄帝战蚩尤,看见了三过家门而不入的大禹,看见了雅典城邦,看见了孔子师郯子,看见了特洛伊城的木马,看见了秦国的铁骑踏进郢都,看见了奥林匹亚大会,看见了拜占庭之光,看见了霍去病的战马在北海岸引天长啸,看见了定军山五丈原,看见了旧时王谢堂前燕,看见了大运河上的昏君,看见了岳武穆手持十二道金牌喟然涕下,看见了波斯的商船开进威尼斯,看见了哥伦布留在圣萨尔瓦的烤玉米,看见了崇祯帝自挂东南枝,看见了康熙帝挥鞭尼布楚,看见了林则徐苟利国家生死以……但我看不见的,是轰然倾颓的森一楼——六角形膨胀炸裂的一瞬间,胰先生将我推出门外,然后同森一楼一起灰飞烟灭……

以上就是《西洲怪谈》第九卷的部分内容,因原文遭海水浸染,其余文字未能辨别。

我尚未回过神来,一盘葱爆小龙虾已然在竹子小姐面前荡然无存。我摘下高达一千度的近视镜,向竹子小姐打听其家传《齐论语》的真伪。"祖父经营砚台生意前,是以伪造古籍残卷起家的。"竹子小姐嫣然一笑。在竹子小姐的笑声中,我怅然若失。竹子小姐说葱爆小龙虾里有故乡的味道。在故乡的味道里,竹子小姐递给我一面镜子,我接过镜子,对镜自观,我看见在镜子的中央,"E2l3C6I9E3L2O6"的字样,异常醒目……

# 燃烧的医学院与茂盛的医学生

## 永生老师永垂不朽

十四年前的那个秋日，当意大利著名男高音帕瓦罗蒂阔别故乡摩纳德与世长辞的时候，九千公里外的齐鲁大地上，鲁南医学院的三千名新生正身着质地粗劣的白大褂，在院长牛得草的带领下，庄严宣誓：健康所系，性命相托。我志愿献身医学，热爱祖国，忠于人民，恪守医德……我决心竭尽全力除人类之病痛，助健康之完美，维护医术的圣洁和荣誉，救死扶伤……为祖国医药卫生事业的发展和人类身心健康奋斗终身。

誓词短促而有力，我们不约而同地热血沸腾，在这庄严而肃穆的氛围里，显得十分有礼貌。牛得草院长伫立在主席台中央，宽大的博士袍红得耀眼，他说："这一刻，圣洁的白淹没了你们的性别，从此，你们的眼睛里只有病人，没有男女……"在台下三千学子和舞美的烘托下，亲爱的牛院长近乎伟岸。天真的我们,误以为牛院长的今天就是我们的未来。

在使命感带来的亢奋和牛院长的教导声中,第一临床学院的五十名新生踏着舍我其谁的步伐,走进了生理学实验室。那天,早已多年不代课的牛院长,决定与民同乐,甘愿自降身段,开启我们的大学第一课。

生理学实验楼106室内,比白大褂还要洁白的十六只家兔簇拥在墙角的铁笼里,像是在召开家族Party。我们的到来让它们嗅到了死亡的气息。在第六版生理学教科书的示范下,我们将十六只"小可怜儿"粗暴地按压在解剖台上,继而故作从容地将两百毫升空气注入它们的耳部静脉。五分钟后,我们的白大褂上沾满了十六条鲜活的小生命魂归长天前放肆的屎尿。血栓致死的"小可怜儿"们,表情狰狞,惨不忍睹。又三十秒后,在我们虚伪的惋惜声中,牛院长开始了他的Personal Performance(个人表演)。

伴着五十位临床医学专业新生的注目,我们伟岸的牛院长打开夹在腋下的工具包,取出了一整套锃亮的家伙什儿,整齐地码在了解剖台上。他毫不迟疑地从十六只兔尸中选中最合眼缘的一只,继而开始了他教科书式的表演。

我们如愿以偿地看到了我们所期待看到的一切:柳叶刀仿佛是生在他手上的第十一根手指,指哪儿打哪儿,让人不得不怀疑刀尖上是否也长了一双视力不俗的眼睛。柳叶刀轻轻掠过兔子的腹部,一撮兔毛不知去向;柳叶刀轻轻掠过兔子的胸部,另一撮兔毛不翼而飞。柳叶刀轻轻掠过兔子的臀部,雪白的兔臀肌肉饱满,毛细血管清晰可见——抱歉,这是我在扯淡,兔子臀部的教学属于超纲内容,不在本堂课的教程之内。但在我浮夸的想象中,牛院长的柳叶刀早已攻城略地,片甲不留。

牛院长的柳叶刀下,留人不留兔,刀过处,刚刚进食略显鼓胀的兔腹露出粉嫩的一块,还没等我们反应过来,兔子的腹膜已经清晰可见。腹膜之下,是兔子的五脏六腑。在牛院长的带领下,我们对这个可怜的物种有了全新认识。牛院长的刀依次指向肌胃、腺胃、十二指肠、空肠、回肠、盲肠,我们知道牛院长在带我们学习家兔的消化系统;牛院长的刀划过肺、气管、支气管、鼻、气囊,我们领略了家兔的呼吸系统。

牛院长的刀刚刚找到兔子的卵巢,我们就异口同声地说:"这是生殖系统!"牛院长露出诡异的微笑,说:"你们这些无师自通的孩子,你们对家兔以及男女生殖系统的了解比为师还要透彻,你们都是生殖医学事业的种子选手!"

牛院长滔滔不绝的解说降低了他解剖的速度,于是我们有幸见证了他人生中唯一一次早退的教学。打断牛院长的是一个西装革履的瘦削男人以及他霸道的入场方式——他踹开了教室的门。而这间教室里正站立着鲁南医学院最有权势的男人。

还没等我们反应过来,牛院长已被赶下了解剖台。来人以不容辩驳的语气怒斥我们的精神偶像:"从我进这间实验室算起,生理学教材都换了六版了,你还是屁点儿长进都没有!"我们期待着牛院长释放他"元首的愤怒",但一校之长选择了沉默:他于黯淡中消失的背影没有一丝拖泥带水,连一个尴尬的表情都无暇阐释。

牛院长的反应分明是在告诉我们,无论是在权力或是业务能力上,来人似乎都具有压倒性优势。我们屏住呼吸,等待来人的精彩表演。来人不负众望,他接下来的表演——这么说吧,好莱坞欠他一尊小金人。没错,来人正是我的生理学老师——任永生同志。

没有牛院长的教室,俨然成了永生同志的主场。您很快就会感受到,在鲁南医学院,谁的存在都剥夺不了他的主人翁精神。永生同志对牛院长的前期工程不置一词,但我们分明感受到了他强烈的鄙夷。看,他脱掉西装的姿势多酷;看,他穿上白大褂的英姿比他脱下西装的样子又酷了八分;看,他头都不低一下就在牛院长刚刚站立的位置完成了所有的准备工作——我猜至少比牛院长快了一分三十八秒。

"男嘉宾"如此行云流水的操作竟丝毫没有影响他近乎完美的讲解,我们生怕错过了某个精彩细节,纷纷向永生同志围拢过来。但围拢过来之后才发现,没有哪一个细节不是精彩的。教科书上说,家兔解剖实验中,剪开腹膜时,不能损伤兔子的内脏,更不能剪坏血管。可永生同志的这波操作,却给我们一种连毛细血管都可以避开的错觉。永生同志始终没有低头,我甚至怀疑他连解剖台上的"小可怜儿"都没看一眼,但他讲解到哪里,柳叶刀的刀尖就准确地出现在哪里。

在永生同志的课堂上,"误差"分明是一个无效的词语。他顺利打开了兔子的腹腔,又完美地呈现了兔子的胸腔。祖国未来生殖医学事业的种子选手们很快就做了牛院长阵营的叛徒,我们为牛院长感到惋惜,惋惜他错过了一次难得的学习机会。我们想起了那篇名为《庖丁解牛》的中学语文课文,相信如果按照大成至圣先师孔圣人的礼仪逻辑,庖丁这个人一旦遇见永生同志也要"他日趋庭,叨陪鲤对"。

生殖医学事业的种子选手们需要一个好榜样,但永生同志的存在,让我们心生悲凉。我们一瞬间就体悟了"望洋兴叹"的准确含义(寒意)。在近乎浮夸的赞美下,您一定感受到了永生同志的业务能力是何其精湛。但我必须坦白,在永生同志业务能力的表述上,鄙人展现了少有的谦逊。

种子选手们还沉迷在家兔解剖的视觉盛宴里,永生同志陡然宣布:"收工!"他看似随意却十分精准地一丢,柳叶刀精准归位。"你们没有什么想问的吗?"永生同志的眼神飞速掠过我们的脑袋,目光杀伐处,一个个羞愧的头颅驯服地低下。我们期待永生同志嘴下留情，孰料他接下来的台词却让我们更加尴尬："很好，在我的课堂上就不该有问题，低能儿就不应该穿白大褂！"五十颗羞愧的脑袋心虚地抬起来，各自用余光瞥向其他四十九个低能儿。

没有人提问的课堂上，永生同志"嗖"一声从兜里拿出一个U盘，又"嗖"一声插在了面前那台老式纯平电脑上，然后"啪"一声，十分不文明，但很明显不接受反驳地将一只脚踏在了讲桌上。他轻点鼠标，头也不回地打开了一套PPT。"When I was young,"幻灯片中随之出现一张合影，左边的小伙子显然是青年任永生，"I'm a doctor at Harvard University. My teacher is a Nobel Prize winner in Physiology or Medicine..."

在永生同志标准的美式英语里，我们仿佛看到了一个伟人辉煌而不可复制的一生。永生同志说，他的导师，诺贝尔生理学奖得主弗里德·穆拉德教授对他十分青睐，曾预言他当年若能留在美国，定能成为"美利坚华佗"，最不济也是个"USA扁鹊"，拿诺贝尔生理学或医学奖易如反掌。但永生同志不为所动，立志要为祖国的医学教育事业贡献自己的光和热。为此，FBI方面甚至动用了美元和美女。如果不是因为他志向远大，家兔解剖这种手拿把攥的雕虫小技，他是绝不会亲自出手的。他在北大医学院读硕士的时候，每当导师给本科生上生理实验课，实际操刀人都是他。说到这里，永生同志"啪"一声放下了踩在桌上的那只脚，左手笔直地指向窗外，问："学校后面的那座小山，你们看到没有？""看见了！"五十颗天真的脑袋异口同声地回答。

"我读硕士的时候，"永生同志稍微顿了一下，像是喉咙里有痰又被他咽了回去，"我解剖过的家兔，堆起来，比那座小山还要高一丢丢哦！"永生同志说话间居然跷起了兰花指。话音未落，我们注意到大屏幕上的PPT刚好演示完毕，最后一帧定格在哈佛大学校门口，永生同志雄姿英发，丰碑式地立在大门中央，身上的博士袍仿佛比牛院长的还要红，还要亮。

毫不夸张地说，那一刻，我脑袋里冒出了"伟人"这个词汇，但我的同桌——来自湖南怀化麻阳自治县，外号"小怀化"的家伙——却先我一步喊出了"永生老师永垂不朽"，这让教室里爆发出了"雷鸣"一词都无法形容的掌声。我为我的怯懦悔恨不已。掌声响了九次，永生同志害羞地低下了头。随即，放学的铃声也十分有礼貌地响了起来。

多么完美的一堂课啊！生殖医学事业的种子选手们头一次意识到，下课的铃声也可以如此讨厌。我们深呼吸，等待偶像离场，但永生老师却似乎没有离开的意思。他抬起头，脸上隐隐有泪痕。永生同志轻叹一声，低声说："同学们，你们将来都是国家的栋梁，我非常希望能看到你们毕业，看到你们读硕士，看到你们穿上光鲜的博士袍……但是，很遗憾，明天（天哪，永生老师在啜泣），明天我就要到武汉大学去任教了……武汉大学的校长调我去担任医学院院长……你们一定要好好学习,争取将来出国,争取像我一样,到最优秀的大学,追随最优秀的导师,学习最前沿的医学……"永生老师掏出手绢拭泪,五十颗天真的脑袋,黯然神伤。

在男生不舍的目光和女生低微的呢喃中,永生老师走下了讲台,走向了教室门口。看,他脱掉白大褂换上西装的姿势多酷;看,他穿上西装的英姿比他脱下白大褂的样子又酷了八分!

种子选手们心甘情愿地接受永生老师的拖堂,但学校饭堂打饭的阿姨却似乎并不买账。我们饿着肚子灰溜溜地回到了宿舍。种子选手之三的我、"小怀化"以及睡在我上铺的临沂老乡"胖三",各自躺在床上一言不发。同宿舍其他五位临床专业嫡系师兄见我们闷闷不乐,一边扑在各自的饭盒前,一边打趣我们是不是挨了牛院长的骂。我们心照不宣地摇摇头。"小怀化"先是眉飞色舞继而垂头丧气地向师兄们说起了课堂上的事。

五位师兄却同时爆发出了骡子般的笑声。来自湖北钟祥、外号"半截儿"的小个子林涛问:"给你们上课的是不是任永生?"种子选手之三哑然称是。"他是不是说明天就要被调到武汉大学去当院长了?我们读大一的时候,他就说要被调到武汉大学去了,我们入学之前十几年他也是这么说。当年确有其事,可他还没去武大,武大的校长自己倒先被调走了……"

讲到这里，师兄们笑得人仰马翻。三位种子选手，彼此望了望，复又蓦然倒下。干瘪的肚子不怀好意地叫了起来。

在鲁南医学院，永生老师资历老，谁也不服。教职工大会上，永生老师的师弟，堂堂院长牛得草，只因讲话声音大了点，坐在前排睡觉的师兄，竟抄起一瓶矿泉水丢到了自己脑门儿上。二十多年一晃而过，同批入校的教师早已进入学校管理层，生理学实验室里却是流水的医学生、铁打的任永生。值得一提的是，那位穆拉德教授，被医学界尊称"伟哥之父"的人，确是永生老师的导师，彼人常年在中国走穴，担任国内三十多所高校的顾问……

## 疯狂的足球

鲁南医学院男生公寓一共有四栋，名字依次是汇德、汇智、汇雅、汇文，住宿费随山势呈等差数列递增，从五百元到两千元。如是看来，即便在高校，也依旧是"德"不配位。五百元的住宿费和我的经济实力十分匹配，入校当天，我便毫不犹豫地委身于汇德，然后大言不惭地对外宣称：君子好德。在汇德公寓402室，我和胖三睡在靠门的位置，再往里，睡的是"蛋高"和"半截儿"。

"蛋高"本名张新福，生于鄂西北神农架乡间，不知是不是自幼吃多了娃娃鱼的缘故，生得人高马大，体毛如裤。若扒光衣服将其丢进林区，便能有几分野人的意思。他曾豪言腿长了蛋自然就高，于是便得了这么个诨号。当他还是一颗受精卵的时候，蛋高同学的橘农父亲便擅长"酒后拳击"。饶是其母抗击能力出色，亦敌不过农民的老拳，终是月上柳梢头，自挂东南枝。自此，蛋高便毫无悬念地坐上了替补席，神农架林区两百集父与子的追捕大戏开始了。

年复一年，在与橘农父亲的赛跑中，蛋高同学越跑越快，练就一双飞毛腿的同时，也爱上了踢足球。从小学到大学，蛋高同学踢坏的足球码成堆，省内各类学生球赛一个也没落下，大小奖一网打尽，为他日后成为优秀的业余足球运动员打下了坚实的基础。大二那一年，蛋高同学光荣地成了校足球队队长，手底下是一支二十多人的队伍。队长的头衔极大缓解了蛋高同学的自卑，童年的阴霾记忆也逐渐散去，他很快便适应了队长的角色，并习惯了用脚思考和领导他的队伍。

在汇德公寓402室，蛋高是我们熟悉的陌生人。我们的课堂在教室，蛋高的课堂却在球场。我们忙着学习，忙着打游戏，忙着练习接吻，而蛋高队长的生活里却是一场又一场的球赛。

五年的时光在白大褂上逐渐泛黄，我们完成了从医学生到医生的转变。谁也没有想到，神农架的野孩子会是同届三千名毕业生中最有背景的一个，其伯父竟是省内第一例试管婴儿缔造者、国家有突出贡献专家、本校第一附属医院院长。于是还没拿到毕业证，蛋高就在伯父院长的筹划下，胸前挂上了第三附属医院泌尿科医生的工作牌。三甲医院男医生向来是相亲市场上的稀缺资源，蛋高报到第一天，科室的一帮大姐大妈就走马灯似的给新同事安排好了相亲场次。肥水不流外人田，第一茬相亲对象自然是本院女职工，三个月后就延伸到了另外两家附属医院，再后来，就到了医学院的一帮适龄女教师。总之都是自家人。

蛋高的审美十分大众，结束他相亲史的是一位来自一附院急诊室的胸大腰细的护士。护士的祖上兴许和周天子有些瓜葛，姓姬名青青。同届毕业生摇摆在毕业的惆怅和择业的迷茫中，蛋高医生徜徉在初恋的甜蜜里：泌尿科医生与急诊室护士手牵手出现在鲁南小城的角角落落，他们吃遍了小城所有叫得上名字的西餐厅、中餐馆，逛遍了大大小小的商场和步行街，看遍了当年所有热映的电影。当然，他们也熟悉了彼此的身体。

泌尿科医生与急诊室护士又一次走出快捷酒店钟点房的时候，后者问前者，他们的关系是否该往前再进一步。一个月后，神农架林区的橘农拳师耗尽了他一生的积蓄，为儿子办了订婚宴，与周天子的后人成了亲家。礼金三万一千八，三家一起发，外加万把块的金首饰。

周天子的后人和橘农的儿子同一年读大学，但本科阶段,护理学比临床医学学制少一年,胸大腰细的姬青青自然就比腿长的蛋高早一年参加工作。一年多下来,姬青青从纯情女生蜕变为了现实主义职场女性。但生殖医学专家伯父能给蛋高加持的只有"院长侄子"的人设,柴米油盐的人间烟火还得靠小两口儿自己经营。不到半年,姬青青开始意识到,虚名中她是"院长侄媳妇",众人眼里,她却始终是橘农的儿媳妇。

不知是为了给拜金主义寻找借口,还是为了让自己占据"被分手"的有利形势,姬青青决定以进为退。首先便是房子,姬青青要求蛋高在领证前,于她工作的一附院旁置一套四室两厅婚房,理由是婚后可以把双方父母接来一起住。蛋高无法拒绝未婚妻如此温情的合理要求,然以橘农世家有限的积蓄,拿下一居室尚力不从心,况四室两厅乎?

但蛋高对姬青青的爱是实实在在的,他爱她夸张的美瞳,爱她五颜六色的短裙,也爱她近乎变态的洁癖。姬青青的枕边风只吹了三遍,蛋高就厚着脸皮拨通了林区深处那座小院落的电话。当晚,老拳师一夜无眠。第二天,他坐了六个小时中巴车,又步行半小时,终于火急火燎地站在了自己一母同胞的哥哥、一附院院长的办公室里。简短阐明来意后,兄弟俩陷入了沉默。橘农弟弟抽完了三支烟,院长哥哥无奈地递过来一张银行卡。

拿到房本后,姬青青有些不敢相信,却还是第一时间要求蛋高在房本上加上她的名字。然后是装修，置办家具，从此橘农老拳师成了"负一代"。婚房距离蛋高所在的三附院至少二十站，到姬青青的一附院却只要她涂个口红的时间。春困秋乏冬赖床，蛋高骑电瓶车两头跑，手也冻裂了，问姬青青："有点儿远，要不你一个人先住着，我每周末过来？"姬青青躺在热被窝里，想都没想就答应了。姬青青一个人住得心安理得。

姬青青人长得出挑，在科室的表现也不错，院里临时抽调她负责高干病房的护理工作。怎料病房里高干的儿子几番眉来眼去，姬青青的眼里竟没有了蛋高，连带着觉得那四居室的大房子也和蛋高毫无关系了，时不时在婚房里为高干的儿子洗衣做饭。

房子之后，自然就是车子。看着医院停车场里不时出入的保时捷和玛莎拉蒂，姬青青觉得以自己的条件，向公公要一辆MINI或者甲壳虫应该不过分。可橘农父子已经没有勇气敲开院长办公室的房门了。姬青青开口要车的那天晚上，蛋高对着手机通讯录来回筛选了八遍。最高的一笔借款三千元，最小的一笔借款五十元，债主是比蛋高还穷的鄙人。

房、车齐备后，姬青青每周末的叫床声却越来越敷衍。蛋高不敢发火，他自认不配。姬青青是天鹅，在天鹅的世界里，他愿意做一只卑微的癞蛤蟆。橘子丰收季的某个周末，橘农父子在橘树下挥汗如雨，高干的儿子在癞蛤蟆的婚床上大汗淋漓。最先知道天鹅出轨的,是我们汇德公寓402室的另一只癞蛤蟆,胖三。胖三告诉了A,A告诉了B……连医学院的知了都知道的时候,蛋高才始察觉。

打虎亲兄弟,上阵父子兵,但捉奸,最好是一队癞蛤蟆。那个夏夜安静得出奇,没有风,也没有雨,连小城的灯光也比平日暗淡了许多。原校足球队队长蛋高的四室婚房楼下,十位健硕的业余足球运动员,按球衣号在队长的身后站成一排。

房间里的灯亮了,窗帘后面的两个人缠绕在一起。从不抽烟的队长从3号队员的兜里掏出一支烟,点上。烟吸到一半,灯灭了。队长走向三楼,身后的队伍默契地没有一点儿声响。门内,胡桃木婚床吱嘎作响。队长掐灭烟,颤抖而略显笨拙地打开入户门。然后,在十位队员的期待下,队长对准主卧的门,开出大脚。马六甲免漆复合板爆裂的声音,吓坏了床上的男女。队员们期待着队长的雷霆之怒,期待着队长一声令下,在高干儿子的脸上齐刷刷留下他们的脚印。

队长却什么也没说,示意床上的男女穿好衣服,语气比扫黄现场的正规技师还要淡定。两分钟后,男人衣冠楚楚地站在了墙角,天鹅却仍旧光着身子瑟缩在床头。队长若无其事地解自己的皮带,男人以为要挨打,立时便抬手护住了头部。4、5、6、7、8号球员几乎同时抬起右脚,队长却抢在前面,护住男人,继而指挥其用皮带绑住自己双手。那一刻,房间里没人知道队长要干什么。

那个酷热的夏夜，那个躁动的夏夜，给鲁南医学院足球队队长戴绿帽子的男人被吊在了校足球场的球门中央。不远处的禁区线上，站立着十位着统一球衣的足球运动员，他们脚踏十个崭新的足球，直视前方，眼神坚毅而果敢。守门员迫不及待地解开球门中央男人笔挺的西裤，又一把扯掉他大红色的内裤。队长蛋高点点头，与队员们一起后退一步，两步，三步，四步，五步，六步，七步，八步，九步，然后大喊一声——射门！！

## 冰镇王老吉

中医说王老吉有清热解毒、止渴生津、利水通淋的作用，愚以为这种描述还不够全面，它至少还应包括镇定、败火的作用。关于这一点，睡在我上铺的老乡胖三可以作证。

胖三之胖名副其实：小学一年级体重破百斤，初中一年级破百公斤，此后六年增长稳定，终以全年级第一的体重和成绩完成中小学教育。高考第一志愿是北大，第二志愿是人大，第三志愿是山大，最终却掉档被鲁南医学院补录。好在鲁南医学院虽算不上什么名校，但冠以"省内名校"大抵也还得当。在黄河中下游的每一家三甲医院里，几乎都有鲁南医学院的毕业生割下的包皮。

胖三本名佟琁三,因为胖得云山雾罩强词夺理,入校不久即以胖得名,从开水房烧锅炉的副科级退休大爷,到宿管部徐娘半老的缅甸阿姨,胖三之名深入人心。没有人会想到临床学院的胖三会爱上八九十杆子都打不着的护理学院的小艾,他们之间隔着山,隔着河。一个是白雪公主,一个是金刚葫芦娃,上辈子这辈子下辈子都进不了一个剧本。

小艾是那种人见人爱,不化妆、不美颜也一样惊艳的姑娘,是画舫里的西施、月宫中的嫦娥。一米七六的个子,双乳以下全是腿,各类选美大赛时常有她的镜头。白天是各类时尚杂志的封面模特,晚上在健身房里教瑜伽。连续三年承包学院特等奖奖学金,乒乓球、羽毛球上手就能来,古琴、围棋也不在话下。和小艾一比,农村野孩子胖三没一样能拿得出手。不知所云的长相,惊涛拍岸的身材,文化课成绩突出,腰椎间盘更突出。两人往中间一站,俨然美女与野兽。

医学院的姑娘们说小艾的身材和气质像个野模,可胖三却说:"小艾,你看着像个明星,你比明星都漂亮。"说这话的时候,小艾在胖三的手机相册里,而胖三在自己的被窝里。野兽第一次遭遇野模是因为音乐。音乐爱好者胖三,生在蒙山下,长在沂河畔,进过牛羊圈,没进过乐器行。祖师爷赏了碗夹生饭,生就一副野驴嗓,大一入学头一周,竟豪掷十元会费进了音乐社。

新老社员见面会,胖三野驴嗓一亮,众社员意见出奇的一致,公推胖三做了幕后英雄。此后,胖三在场务的宝座上一坐就是三年。鲁南医学院第十三届金秋艺术节,小艾一袭长裙,自弹自唱一曲《天路》,艳压群芳,技惊四座。彼时,幕后英雄那灵魂出窍的呆相,像极了爱情。艺术节闭幕,临床学院的这位知名胖子,这个大号金刚葫芦娃,就真真动了心。

最先知道胖三心思的,是睡在他下铺的鄙人。"恋爱中的犀牛"冥思苦想多日,终于意识到我是他唯一可利用的资源,于是便以一个月的免费盒饭为诱饵,迅速将我拿下。接下来的一个月,上铺的胖子负责倾吐他汹涌的爱,下铺的瘦子负责组织语言。厚达五百个页码的解剖学教科书,每一幅解剖图周围都散发着浓烈的荷尔蒙气息,洋洋洒洒数万言。

那段时间,每天中午,胖三会准时送来红烧肉或者西红柿煎蛋盒饭,味道至今让我回味无穷。大二暑假来临前,"爱的宣言"终于竣工,金刚葫芦娃却失了给小艾看的胆子。日日思君不见君,这胖厮竟一个月暴瘦了三十多斤,颜值直线上升。无奈基础太差,依旧是一副无人问津的老少边穷盐碱地模样。

很快,于暗恋中焦灼的野兽染上了酗酒的恶习,每每看到小艾与别的男生有些许互动,就拎上一瓶二锅头,躲进学校的后山,一边喝酒一边默默流泪到天明,恨不能把胃都吐出来给小艾。鄙人恨铁不成钢,偷偷复印了其中精华的几页,于晚自习后塞进小艾的桌洞。没人知道是不是我故意忘记了落款,此后鲁南医学院的万人迷看我的眼神就有了些许暧昧。我从未向上铺的兄弟提及此事,更未敢向其邀过功。

野兽在野模眼皮子底下的艺术团服务了两三年,却始终连话也没敢和对方说上半句。大三上学期,临床医学系和护理系一起上英语大课。教室里,野模就坐在野兽前面。后者已经占据了地利,却不知如何下手。每天早上一进教室,我就给胖三打气。无奈一天下来,金刚葫芦娃一鼓作气,再而衰,三而竭,始终不能让自己的脸皮厚起来。一个学期过去了,小艾连胖三的名字都记不得,可胖三却为了小艾与人差点儿打起来。

许是虚荣心作怪,联合课堂班级聚会,班里的团支书宣称自己是小艾男朋友,实际上不过又是一个葫芦兄弟。借着酒劲以及自身的吨位优势,胖三把矛头对准了团支书。原本简单的小酌,因为几句说者无心听者有意的话,就喝成了对垒。而胖三就是那个听者。三五个回合下来,满满的一瓶白酒翻腾在了两个年轻人的胃液里,掌管班级财政大权的生活委员提前结了账,示意大家离场。孰料喝红了眼的俩葫芦兄弟愈发兴起。

那是个凉风习习的春夜,一张长条桌支在葫芦兄弟之间。不能装尿，不能输了酒丧了气。酒、色、财、气四个字，可怜思春的胖子就是没钱，否则一瓶白酒下去，恨不得能全部拿下。团支书向胖三陈述了自己相比后者在恋爱上的八条优势：比胖三帅，比胖三富，比胖三白，比胖三嘴甜，比胖三有恋爱经验，比胖三更会唱歌（可以和小艾切磋），比胖三和小艾更有共同语言，比胖三有背景（将来能和小艾分到一个医院实习）。在每一条优势里，胖三都被描述得一无是处。关键时刻，吨位优势再一次发挥了作用。团支书还有半瓶老白干没喝完，就直接倒在地上，吐了。我见状，立马和室友搀扶着尚未失态的胖三得胜回朝。

酒后的金刚葫芦娃像一个昏君，他骄傲地看着他的亲友团，拒绝了我们的好意。昏君强提一口气，一步步爬上汇德公寓那几百级台阶，回到龙榻。然后"砰"的一声，他飞到了上铺，不及身边着急的太监们为其更衣，又"砰"的一声，把衬衫的扣子扯飞，再"砰"的一声，吐了。

胖三与小艾的第一次"肌肤之亲"，是在鲁南医学院附属第二医院，彼时的胖三和我已经是这里普外科的实习生。没有人知道小艾是怎么受伤的，她来普外科就诊的时候，院长牛得草的夫人，普外科主任龙从云老阿姨，正带着我和胖三给几个打群架的小流氓包扎。打下手的俩青瓜蛋子接连失误，牛夫人训斥我们的嗓门儿一点点蹿高。

二附院是鲁南医学院的后花园，为了节省十元八元的门诊挂号费，医学院的种子选手们每逢看病就都觍着脸来此，脸皮一个比一个厚。普外科带实习生的老师一共有九人，九分之八是男人，剩下的这个"一"便是牛夫人。牛夫人是典型的更年期综合征，在她手底下实习，挨骂是常态。许是我和胖三流年不利，皆分在了牛夫人名下。刚下科室的时候，上铺的胖子和下铺的瘦子都盼着小组里能有几个眉清目秀的姑娘，最好还能在同门情谊之外，生发出点别的感情来。无奈牛门不幸，清一色带把儿的。

那晚，当牛夫人把我们骂出退学冲动的时候，小艾就进了病房。小艾以及小艾出现的时间，让牛夫人以及牛夫人的学生倍感意外，她趔趄的言语似乎是在暗示我和胖三哪儿凉快哪儿待着去。但此刻的牛门子弟却表现出了前所未有的呆滞——即便我们学艺不精，我们也能一眼看出，鲁南医学院最美丽的姑娘，伤了左乳！作为生殖医学事业的种子选手，作为牛门子弟，虽然暂时技不如人，但我依然愿意迎难而上——为除校友之病痛，肝脑涂地，在所不惜！

牛夫人对美女一向怀有敌意，加之伤口部位敏感，检查的时候，手法就有几分粗放。确认伤情并无大碍之后，牛夫人就把小艾丢给了尖子生胖三，名曰"考察学习成果"。"知识改变命运"，诚不我欺。一向不爱学习的我，头一次渴望被考察，但牛夫人对考察一个学渣似乎没有兴趣。

胖三不说话，但分明已经做好了接受考察的准备。小艾却坚决不干了,缠着牛夫人发嗲。牛夫人却最不吃这套,一时间如乃夫附体,激发了小宇宙:"你们牛院长常说,'圣洁的白色淹没了你们的性别,你们的眼睛里只能有病人,没有男女',你不给别人当小白鼠,将来谁又能给你当小白鼠?!"牛夫人的语气不容辩驳,但小艾却誓死不愿做胖三的小白鼠,更不愿意做其他几个带教男医生的小白鼠。

单纯从视觉上讲,我比胖三更符合小艾的心理预期。无奈我的临床技能之差很快就让小艾打消了换人的念头。小艾流下了屈辱的眼泪,却依旧打算负隅顽抗。一个小时后,牛夫人终于打发走了几个小流氓,小艾跟着牛夫人进了治疗室。牛夫人不置可否。小艾咬着牙脱掉上衣,一边求着牛夫人,一边硬撑着不流泪。牛夫人心思善,逐渐心软,但上药的动作依旧有些没轻没重。小艾疼得直打哆嗦。

病房外的胖三来回踱着步子,神情活像妻子临产前的丈夫。一刻钟后,牛夫人波澜不惊地推开了治疗室的门,身后的小艾梨花带雨。胖三一个箭步冲到小艾面前,小艾却对面前的胖子视若无睹,头也不回地离开了医院。胖三羞红了脸,几近无地自容。

小艾又一次来换药已是两天后。恰赶上牛夫人外出会诊,我和胖三正在普外科走廊里和一个病号闲聊。小艾在普外科转了几个来回,终于确认牛夫人不在。不知何时,小艾已然在我们旁边的长凳上坐了下来。牛夫人不在,八个带教男医生，无一例外颜值堪忧。我又一次有了渴望被考察的念头。

小艾的坐姿来回换了十三次。最终，在颜值与技能之间，小艾又一次选择了后者。胖三还没流下激动的眼泪，我已吞下悔恨的唾沫。小艾没有叫胖三的名字——她压根就不记得——但只一个眼神，胖三就冲了过去。小艾用最短的时间向胖三陈述了她的要求，然后转身进了治疗室。牛门子弟和八位带教男医生齐刷刷向胖三投去杀气十足的眼神。胖三激动得攥紧了拳头，仿佛人生就此走向了巅峰。

在这重要的时刻，我发觉自己对小艾的喜欢丝毫不逊于胖三，我定是小艾暗恋者中最执着的一位葫芦兄弟。我像个败军之将意欲离去，胖三却猛然拉住了我的胳膊。回想起自己曾为胖三"爱的宣言"立下过汗马功劳，我窃以为胖三八成是良心发现，意将接受考察的机会让给我。我激动得两腿发颤，几欲歌颂我们伟大的友谊。

奈何胖三却以与其体型极不相符的速度把我拉到了医生值班室，继而以迅雷不及掩耳之势关上了门。急得满头大汗的胖三，让我往下看。我低头一看，"扑哧"一声笑出来——一顶放肆的"小帐篷"，已然支棱在胖三白大褂的裆部。语无伦次的金刚葫芦娃，让我赶紧想办法。我歌颂伟大友谊的冲动顿时烟消云散，左脚几欲贡献一技侧踹，右脚也妄想马踏连营。

写到这里，容我插播一段：性卫生是医学院最受欢迎的选修课，当年负责这一科目的小罗老师刚刚从大不列颠学成归来，年纪比我们大不了几岁。饶是她接受了奔放的欧罗巴教育，也依然对书本上彩印的性交体位难以启齿。她煞费苦心地为我们备好了教学片，然后整堂课一言不发。彼时的教学片远不及"岛国动作片"来得生猛干脆，但对于一群尚站在成人世界的院落外隔墙眺望的傻小子，单单"生理"两个字就足以让我们想入非非，更何况如此珍贵的教学视频。教室里，被刻意关闭了音频的教学片显得格外清晰，男生们目不转睛，窃窃私语，女生们想看又不敢看，又控制不住偷看。四十五分钟的课堂，对男生来说太短，对女生来说太长。教学片结束的时候，女生们用最快的速度撤离教室，男生们则你看看我，我看看你，哄堂大笑——年轻的肉体们在教学片的催化下，纷纷支棱起了"小帐篷"，他们生怕在姑娘们面前出了丑，不约而同地滞留在了座位上。胖三命令我下楼为他买一瓶冰镇王老吉。而我则恍若一个七八岁的蓬头稚子，十分听话地冲下了楼。

创始于清光绪年间的冰镇王老吉挽回了胖三的颜面。小艾在胖三面前娇羞地褪去衣衫，盖在胸前的双臂也一点点打开，一对娇嫩的白晃晃的乳房随着呼吸微微起伏着。不知是冰镇王老吉起了作用，还是胖三委实没了杂念，胖三的手法前所未有的细致、舒缓。小艾一点儿也不觉得疼。有了

063

冰镇王老吉的加持,此刻的胖三是冷静的。谁说第一人称视角不能全知全能?你看,门外的我,分明洞悉了门内的一切。

这次换药之后,胖三成了小艾御用的医生。即便牛夫人在场,即便牛夫人无所事事,即便牛夫人心情美丽,小艾也坚定地要做胖三的小白鼠。小艾和胖三成了朋友,但也仅仅是朋友。胖三的体重呈自由落体式下滑,不到两个月就破了150斤大关。我看见,胖三的人生,一厢情愿地亮了。

再后来,有人说小艾送给了胖三一份价值不菲的礼物,也有人说小艾给了胖三一个酥到骨子里的吻,还有人说小艾在胖三表白后给了他一个白眼。

毕业前夕,我向胖三打听起当初治疗室里的情形,胖三搂着我的肩膀,十分真挚地感谢我为他买的冰镇王老吉,至于那天手术的具体过程,这个睡在我上铺的临沂老乡却绝口不提。

左手的响指

## 一

女人有两种：一种像白开水，你不喝也知道它是什么滋味；另一种像茶，你不仅要喝，还要慢慢品，越品越有味。

徐扬曾不止一次地对段恋说，你属于后一种。

徐扬斜躺在"夜玫瑰"酒店的床上，看着段恋一件一件地往下脱衣服，这让他想起童年时在老家的院子里剥玉米的情景。在徐扬眼里，相比于在男人怀里赤裸的姿态，女人脱衣服的时候才是最美丽的。正因为有了视觉上的距离，才会带来另一种审美上的享受，有一种"可远观，亦可亵玩"的效果。

徐扬刚把卧室的门闩上，手机就响了。是主任韩波打来的，要他马上回院里参加一个临时会诊。他看了一眼床上的段恋，耸耸肩做无辜状。

"去吧。"段恋重新扣上胸罩的搭扣，眉眼里不无嗔怪，"晚上过来，我今晚有时间下厨。"

"我送你。"徐扬有意补救。

"哼,你送我?"段恋站起身来,把一串钥匙放进徐扬的兜里,"车子就停在楼下。"

徐扬熟练地打开车门,顺手把后视镜调高了十五厘米,这大约也就是他和段恋的身高差距。奔驰S级的启动系统无可挑剔,让人很难察觉它的震动。他潇洒地打了个响指,左手。

徐扬认识段恋还是在遥远的青藏高原上。那时,他正和程小青冷战,心情很是沉郁,刚好赶上和韩波一起休连班,有十多天的假期,就索性报了个团,奔西藏去了。同行的旅客,不多不少,整整二十人:十八个雄性荷尔蒙分泌旺盛的男人,外加一个半女人。之所以说是一个半,是因为在男人眼里,一个过了五十岁已经绝经的女人,只能算半个。而另外完整的一个,是女导游自己。这使得那些原打算在旅途中偷香猎艳的男人,对于此行的期待大打折扣。好在女导游自己委实秀色可餐。春天来了,小浣熊发情的日子又到了。

他们一个个抢着和女导游套近乎,开一些半荤半素的玩笑。韩波显得异常活跃,最先从队伍后面抢上来,和女导游并排走,时不时地制造些不经意间和她身体碰触的巧合,他冲着身后的大部队说:"兄弟们,我看大家挺无聊的,我来讲个段子吧。"

男人们当然没有理由反对。"好好好,来个出彩的!"一个长着酒糟鼻的胖子边说边摘下了他的墨镜。韩波得到了鼓励，兴奋异常。他看着女导游，清了清嗓子，说："那我就讲了，讲得不好，大家多批评，尤其是段小姐。"韩波话音一落，男人们笑声一片。

女导游竟也笑了，无半点儿羞赧之色，这让男人们心有不甘。"酒糟鼻"就又亮开了嗓子："这位哥们儿开了个好头，我推波助澜，再讲一个……""酒糟鼻"还没讲完，早已有人笑得肚子疼了。女导游清脆的笑声也淹没在男人们阵阵的坏笑里了。

男人们一个接一个地讲他们的荤段子，生怕别人抢了自己的表现机会。十八个男人在西藏的蓝天白云之下，就像十八条狼。除了徐扬。

不过他却看得津津有味。他有点儿耽于这种置身事外、隔岸观火的感觉。女导游的长相确实很对得起她的职业，气质高雅，谈吐不俗，穿梭在男人们之间，笑语嫣然，游刃有余。徐扬知道她姓段，名字却没怎么在意。他有几次与她擦肩而过，或是迎面走来，但他没有与她说过一句话。他感觉得到，她在等待他开口。

在纳木错湖畔的三天，他们篝火野炊，骑马逐风，玩得不亦乐乎。有几次，大家围着篝火唱歌，他也唱了，唱的是《梦醒时分》，有些不合时宜。男人（尤其是远离了老婆的男人）一旦没了顾忌，便会玩得很疯。有人提议，要与女导游K

歌，谁输一次就脱一件衣服。

女导游自恃颇有几分唱功，穿得又比男人们多，就同意了。歌一首接一首地往下唱，男人里打头的还是韩波和"酒糟鼻"。女导游过关斩将，把男人们杀得落花流水，除了内裤、外套和裤子铺了一地。而女导游，依旧全副武装。很快，她就发现自己上了当。女人与男人玩这种游戏，重要的不是你歌唱得好不好，而是你的心理素质。输了，你自己脱衣服；赢了，你看男人脱衣服。当她反应过来的时候，一群男人早已手拉手向她围拢了过来。气温不是很低，男人们"性"趣盎然，没有罢休的意思。女导游虽然依旧风度翩翩，不失涵养，却也实在玩不起了。

"脱衣服！脱衣服！"十几个像真理一样赤裸裸的男人，边喊边向她缩小了围拢的圈子。

"姐姐我孩子都能打酱油了，就饶了我吧！"她嬉笑着向后退。

"脱衣服！脱衣服！"男人们的号子淹没了她的讨饶。

徐扬实在有些看不下去了，帮她解了围——他扔给她一支随身携带的注射器，里面有满满的十毫升强效麻醉药——贝因纳尔。他本来是用它来防身的，一天前曾有一只倒霉的野兔向男人们证明了它的药效，没想到在这里派上了用场。她一接过它，男人们立马哄笑着作鸟兽散了。

其实，他从一开始就识破了他们的伎俩，本可以在一开始就救驾的,但他没有,他也想看一看她手足无措的窘态。而当这种好奇心即将蔓延到顶点的时候,他内心深处的那一点儿正义感才姗姗来迟地杀了出来。

她向他递过来一个感激的眼神,并看见他莫名其妙地打了一个响指,左手。

## 二

回到医院后的第三个星期,一个陌生来电打到了徐扬的手机上。电话接通后,对方却迟迟不说话。

"喂,你是哪位?说话啊,不说我就挂了!"徐扬在整理病历时,不喜欢有人打扰。

"大恩人这么快就把我忘了啊。我是段恋,专跑西藏的那个导游,你忘记了吧,或者就根本不知道我的名字?"电话那头传过来一个很好听的女声。

"……"徐扬一时没反应过来,他的大脑在飞速地寻找一个与电话里的声音契合的对象。

"要是真忘了,就算了,重新认识。这样吧,为了感谢你上次的救'命'之恩,我请客。"

酒吧坐落在一条短短的巷子里,离闹市比较远,显得很是安静。因为是周一,人不怎么多,只有零零散散的几个人,在暧昧的灯光下,或含情脉脉,或搔首弄姿。背景音乐恬淡温和,空气里有一股甜丝丝的气息。她穿着一件低胸连衣裙,烫得微卷的头发自然地垂在胸前,很是女人。

"我还是得再一次说谢谢你,要不是你,我真不知道该如何收场。"她喝了一口红酒,真诚地看着徐扬。

"你不用谢我,如果不是我心情不好,说不定,我当时也加入战圈了。"徐扬半开玩笑半吐真言地说。

"你倒是诚实,"她不觉莞尔,"现在的医生可不是都像你这样。"

开始的谈话不咸不淡的,但很快,他们就熟络起来了。毕竟,她比他大不了几岁。

"你知道,你给我的第一印象是什么吗?"她问。

"玉树临风,英姿勃发,羽扇纶巾,大概就是三国里周瑜那个样子吧。"他故意一本正经地说,还不笑。

"别臭美啦!我还以为你是个刚毕业的大学生呢,装酷,一路上不说话。"她用那种只有在熟人间才流露出的眼神看着他。

"酷也不是一般人能装的,也是个技术活。"

"这也是实话。"她把胳膊放在桌子上,支住下巴,"你给我的印象很深。我带过的团虽说不多,但也有几十个了,你挺另类的,我喜欢。"

"看来我装酷的本事已经炉火纯青了。"

"你这叫老谋深算!"她笑着往后仰了仰身子。

离开酒吧的时候,已是晚上十一点了。在酒吧门口,徐扬惊讶地看见,段恋钻进了一辆奔驰车,然后向他招手:"上来吧,我送你。"

徐扬愣了一下,上了车。

车子驶上环城路后,车速明显快了起来。这个车速按理说不该是由一个长相温和的女人制造出来的,徐扬有些纳闷。

十分钟后,车子停在了医院单身公寓楼下。徐扬说了声谢谢,推门下车。

"等一等。"她说。

徐扬转过身,手扶在车门上,有些诧异。

"你想要个情人吗?——如果觉得我还配得上你的话。"她坐在车里,很突兀地问了一句,眼睛直直地觑着徐扬。

…………

"你不用现在回答我,你若是愿意,明天给我回个电话。如果我没接到电话,这就是咱俩第一次也是最后一次一起喝酒了。"

说完,她一踩油门,消失在了夜色中,留下徐扬一个人呆呆地站在原地。

## 三

第二天白天,县里某个煤矿发生了一起事故,徐扬被临时抽调到了前线，等到下午回到医院，又赶上了一个大手术，从下午三点一直忙到晚上九点，把徐扬忙得焦头烂额。从手术室出来，他不打算马上回家，接下来的一小时，他要做这次手术的笔记——这是他的习惯。

在这家海州市唯一的一所三级甲等医院，每天的病例特别多，像包皮过长、阑尾炎这样的病人，他当然提不起什么兴趣，但一些不常见的病症、病例，对他总是有足够的吸引力。他喜欢把自己手术前后的一些心得、看法、经验记录下来，这使得他进医院五年以来，从没有被上级医生挑剔过什么。他靠着自己这一本本的笔记，积累出了一本《关于心脏搭桥手术实施过程中的几点改良意见》。

此书一出版，就引起了医学界的高度关注，很多国内知名的外科医生主动与他通信。很快，他便得了一个"鲁南第一把刀"的美名。坦白地说，他一个二流医学院的本科生，甭说在医学界，就是在海州市排座次，也轮不到他。但如果单就心脏搭桥手术来说的话，他是可以安心戴着"鲁南第一把刀"这顶帽子的。

徐扬整理完笔记，已经快夜里十点了。在医院匆忙吃了个饭，一出门就看见了那辆奔驰，他这才想起来昨晚的那个约定。

"上来！"段恋向徐扬喊，口气里有一股不容置疑的力量。

徐扬就像被牵着一样，上了车。段恋向徐扬看了一眼，没再说话,却挪了挪屁股,把驾驶座让了出来。

　　这是徐扬第一次开这样的好车,心里很是激动。他双手握住方向盘,脚下仿佛瞬间生出了无数条根,死死地缠住了这辆车子。

　　车子穿过市区一条条的小巷,很快驶上了一条郊区国道,在夜色的驱赶下,可见的距离内见不到第二辆车子。车子迈速从八十拉到了一百四,一股莫名的冲动油然而生。徐扬的胳膊抖了一下,一低头,才发现段恋早已依偎在了自己身上。

　　车子在郊区的一个公园附近停了下来。段恋刚把音乐打开,肖邦小夜曲就把车子装满了。车内精致的纯皮排座,色调柔和,线条流畅,给人一种温暖的感觉。

　　徐扬想说点什么,车内的灯却突然灭了。黑暗中,一阵温软的体香弥漫开来,徐扬的脑袋"嗡"的一声,意识在瞬间模糊了。段恋扑到徐扬的怀里,说:"吻我。"

　　他没有去吻她,而是粗暴而笨拙地撩起了她的裙摆……

　　她的皮肤是那样光滑,那样嫩,像一个初生的婴儿。他贪婪地吮吸着她的背,脑袋里一片空白……

　　停下来的时候,四周变得异常空旷、安静。

　　"怎么像是第一次?"段恋有些惊讶地问。

　　"我太激动了……今天刚上了一个大手术。"徐扬尴尬地说,言辞有些闪烁。

段恋将音量调到了最高,把头埋在了徐扬怀里。

徐扬开始打量这辆车子,满脸的疑惑。

"你是不是想问,我一个导游,怎么会开奔驰,对吧?"段恋问。

"对。"徐扬说。

这个疑问他昨天就有了。

"我老公的,一个当了五年大学教授,然后投机下海,一夜暴富的暴发户。他倒是爱我、疼我的,有时候我像是他的女儿。我也爱他,但只是有时候。我这么说你不要生气。他在外边跑生意,一年到头基本不在家,我闲着无聊,就考了个导游证,也过一过导游的瘾。"

徐扬从看见段恋的第一眼起就知道她是个已婚女子,但却没想到这一层,脸上装作满不在乎,心下却微微起了醋意。他想撇开这个话题。手机上的时间显示,差一分钟零点。

于是,段恋的手机就响了。

"还没过零点,我现在打还不晚吧?"徐扬说,有点儿耍赖的意思。

"浑蛋!"段恋捶了一拳徐扬。


四

"鬼才相信你大学那会儿能在护理系那群小妖精面前

守得住阵脚！"在返回市区的路上，段恋对徐扬说。

"那群小丫头片子太嫩了，我喜欢成熟的。"徐扬开着车子，随口说。

徐扬说这话一半是耍嘴皮子，一半也是实话。

在医学院临床医学系九三级，徐扬是颇有些分量的：一米八〇的身高，帅气得有些过分的脸蛋，除了连续四年蝉联全系第一名的光荣历史外，还时常制造些"豆腐块"见诸报端，很是吸引了一些护理系的女生。

按理说，徐扬在医学院是不难找到女朋友的，可他直到大学毕业仍是光棍儿一条。他在学校社团做学生干部那会儿，艺术团有个叫华紫衣的青岛姑娘，长一模特身材，脸蛋儿没的说，各类选美大赛时常有她的镜头，一入学就让全院男生携手得了相思病——只有一个人不为所动，那就是徐扬。

大二那年春天，医学院的樱花开得格外艳丽。学校三十几个社团集体开展春季纳新，八仙过海各显神通。徐扬熬了一个通宵，写了一首席慕容体诗歌，还谱了曲子。纳新当天，徐扬抱一把破吉他站在樱花树下，深情款款地低唱着。泛滥的矫情对于怀有小布尔乔亚情调的大学女生，向来具有所向披靡的杀伤力。一曲《送别》过后，徐扬吸引了足够的姑娘围观驻足。这些姑娘里，有一位便是华紫衣。

这么美的樱花，这么动听的歌曲，没有点儿点缀是说不过去的。于是，华紫衣冲徐扬笑了笑，拨开众人，在众目睽睽之下翩翩起舞了起来。后果是可以预料的，全校的男生一夜之间集体心碎。

徐扬的歌声的确打动了华紫衣，可华紫衣的舞蹈却并没有让徐扬有什么进一步的想法。那个时候，在文学青年徐扬心里，他只爱一位姑娘，那就是缪斯，但青岛姑娘的勇气比青岛啤酒更让人难忘——顽强的女孩总是会做出惊人之举。在华紫衣的眼里，对付一位诗人，最好的办法就是情诗。于是，戏剧性的一幕就上演了。

有一回徐扬他们班和麻醉系一起上生理公开课，代课的刚好是院长。课上到一半的时候，青岛姑娘推门而入，对院长说："不好意思，打断一下。"当大家还没反应过来怎么回事的时候，华紫衣拿起粉笔在黑板上写下了一首含蓄却不失浓烈的情诗：

### 一年以后

一年以后，我希望

有人还在读这首诗，想你，想我

想这个春天，想那些像鸟鸣的音乐

你那么安静，我那么忧伤

想我们曾在夜晚，飞临夜晚

灯光还会被编织成记忆，它们

还会去乡村,照亮黑夜,讲述
你没有讲完的故事,也还会
种下一些记忆,和你有关
在某个夜晚,开成今夜的悄悄话
我们还在流浪,从一条河
到另一条河,河里漂着记忆中的目光
你说你就是喜欢这样,忘记了过去
还没有看见未来,只在麦地里
把月光想得像水一样
我想起,这个夜晚,眼泪很长
我想起,这个夜晚,蝴蝶有了悲伤

诗当然是写给徐扬的,大家都知道,连院长也知道,只有徐扬毫不开窍。在院长的课上上演了这精彩的一幕,院长当然生气,但院长拿华紫衣没办法,学校里的很多荣誉离了她是拿不回来的。文学青年徐扬、傻瓜徐扬、菜鸟徐扬、榆木疙瘩徐扬,在一次次拒绝了美丽的青岛姑娘之后,被同宿舍的哥们儿捶胸顿足破口大骂,"朽木不可雕也"!

青岛姑娘伤心欲绝。伤心欲绝的青岛姑娘决定报复徐扬,不过方法实在不够高明,白白地给"恋爱中的女人都是傻瓜"这句话增添了一个不错的例证。

那年夏天,有位美国两院院士来医学院讲学,顺便到泰山玩玩。

于是,市领导决定在本市公开选拔接待两院院士的形象大使,选来选去,最后还是花落医学院,鹿死华紫衣。三天的讲学时间里,华紫衣寸步不离那位年过六十的老院士。

结果,华紫衣就成了布朗夫人。

后果是严重的,在医学院男生看来,这样的结果是不能接受的,肥水怎么能漂洋过海流到美国去呢?简直岂有此理!等全体男生冷静下来的时候,徐扬就成了众矢之的:要是这小子早把华紫衣拿下,老色鬼早该找地方凉快去了!

徐扬的苦日子来了,至少在一个月之内是这样的。在男生们还沉浸在巨大的悲痛中不能自拔的日子里,徐扬不是今天丢了病理课本,就是明天丢了暖水瓶。华紫衣的报复就像郧阳黄酒一样,开头风平浪静,后劲却足得很。徐扬被整得焦头烂额之时,才明白华紫衣临走前说要报复他的话是什么意思(估计这时候,华紫衣已经是孩子他妈了)。

徐扬进医院的第二年,他爸得了胃癌,急需用钱,可徐扬那时还在贫困线上挣扎,养活自己倒还勉强,谈别的基本等于扯淡。他爸又是一辈子农民,家里的积蓄可以支持他"体验"一下头疼脑热之类的小病,至于胃癌,就只能"体会"了。可老天偏偏就给了他这个机会,这可急坏了徐扬。刚好那时候程小青在追徐扬,说徐扬要是愿意和她在一起,就答应给徐扬爸看病。程小青的前任丈夫是个日本商人,回国时一拍屁股把程小青甩了，倒是留下不少钱。

心比天高、命比纸薄的徐扬就这样被月老的红线死死地拴在了程小青的手上。直到徐扬的名字与程小青同时出现在一张结婚证上的时候，他才真正明白那个东洋鬼子甩掉程小青的原因，也明白了为什么卫生局局长的女儿会对自己情有独钟——程小青先天性右肺发育不良。这是典型的富贵病，别的不用说，连走路都快不得，稍有不慎，就有可能因大脑供氧不足而昏厥——至于夫妻间正常的性生活就更不用说了。

徐扬也就是在娶了程小青之后，才想起华紫衣的好来。可当年的文学青年徐扬，就是这么地不解风情，这么地暴珍天物，这么地有眼不识金镶玉，他对文学的痴迷已经深入到了骨子里。

大三那一年，刚好赶上一个当红作家来海州演讲，门票很贵。但是，门票再贵，也没有浇灭徐扬胸中那熊熊燃烧的烈火。他先是用一封一万字的情书，从那个满脸青春痘的女班长那里换回了一张请假条，然后在校门口的鲁菜馆里做了一星期跑堂，换回了与名作家隔岸观火的现场感。

事后有人问徐扬："花两百元听一个老女人唾沫横飞地鼓吹自己的文学之路多么艰辛，值不值?!"徐扬说："最好不要让我再见到她，小心我打得她从作家变成'坐家'!"徐扬说这话其实是马后炮。刚听完讲座之后的徐扬，对女作家佩服得简直是五体投地。女作家说玩文学一定要学好传统文化，徐扬就觉得自己真该死，自己这二十年白活了，时间全让外国的哥骗了去，先是陀思妥耶夫斯基再是维金斯基。

文学青年徐扬为了买一堆书回来搞明白这个问题，毅然背上他的破吉他，找了个人流量大的天桥，一遍又一遍，不厌其烦地唱起了那首他百唱不厌的《梦醒时分》。

当然，在这之前，他还是要买通班长。

很可惜，那位满脸青春痘的女班长也像她脸上被化妆品侵略的痘痘一样，光荣下岗了，取而代之的是一位叫杨伟的广东猥琐男。杨伟真萎，小个头儿、大嘴巴、高额头，笑起来像厄尔尼诺神像似的。所以，杨伟不仅萎，而且已经伪到猥和痿的境界了。对付这样的猥琐男，别说是一万字的情书，就是整部长篇小说也不好使了——杨伟虽然萎，但还不至于断背。

文学青年徐扬没办法，只好买了两包康师傅方便面打发猥琐男，结果出奇地好，猥琐男二话没说就把事儿办妥了。徐扬很是伤心，因为这证明他一万字的情书还抵不上两包康师傅方便面。

徐扬很敬业，别人上班时他在唱《梦醒时分》，别人下班时他还是唱《梦醒时分》，结果到周末，别人真是梦醒时分的时候，他的《梦醒时分》就唱出了哀乐的味道。街上的行人们为了拒绝这种噪声的污染，只好拼命地往徐扬脚跟前丢一毛、两毛的毛票，一元的硬币就像学校食堂饭菜里的肉丁一样稀少。就这样，一个月后，徐扬成功买下了一套"诸子百家文集"。

五

徐扬赶到医院会议室的时候被吓了一跳，一百多个座位都已经坐得满满当当了，像召开联合国大会似的，不光医生、护士，连科室的一帮实习生都被韩波招来了。徐扬冲大家打了个招呼，表示歉意，然后习惯性地坐在了韩波身边。

韩波一边讲话，一边递给徐扬一个文件。徐扬拿过来扫了一眼，笑了，有意无意地小声对韩波说："啥时候海州市出了这么多省领导，上回是吴厅长探亲时肝昏迷，这回又是李书记冠心病突发……"没等徐扬说完，韩波就在桌子底下狠狠地给了他一脚。徐扬毫不客气地回了韩波一脚，说："小样儿，结果都出来了，还会什么诊？搭个桥就结了，虽说是省领导，也没必要这样兴师动众啊。"徐扬扫了一眼其他医生，又继续对韩波说："韩头儿，告诉你个秘密，做完这一例，就满一千例了，我可破了老院长的记录了。"徐扬不是一个轻浮的医生，但对于这个他做了近千例的手术，他有这个资本自信。学医的人都知道，有很多疾病是呈地域分布的——这大约和饮食习惯以及外界环境等客观因素有关——就像冠心病总是对海州市人民情有独钟，这使得海州市各家医院的医生,在心脏搭桥等冠心病常见手术上比省医院的医生更有发言权。

会议最后讨论的结果和徐扬所说的一样,大家还是一致认为搭个桥比较稳妥。当然也是由徐扬来主刀。其实,在这家海州市最具权威的医院,心脏搭桥手术只能算是个二流手术,目前统计表明,国外手术成功率高达98.5%,国内成功率也在97%—98%之间。谁来主刀,对手术结果本身,不会有太大影响,只是手术对象身份特殊、年龄偏大,还合并有呼吸系统疾病,院里才决定让被临江县医学界戏称为"心脏搭桥专业户"的徐扬来做。让徐扬略有压力的是,李书记的儿子对院方的手术水平持怀疑态度,基于这方面的考虑,院方决定对手术全过程进行现场直播。在众目睽睽之下做手术,对徐扬来说已不是第一次,但此次毕竟关系重大,他多少还是有些紧张。

散会的时候,徐扬冲韩波欢快地打了个响指——当然是左手,说:"准备好开庆功宴就是了。"徐扬冲韩波得意地笑了笑。韩波有时候很讨厌徐扬在下级面前和自己开玩笑,但拿他没办法。

徐扬和韩波是大学校友,两人虽说是医学生,却都喜欢舞文弄墨、附庸风雅。徐扬是学校文学社的创办者,兼任社长;韩波是第一任主编。徐扬离校前夕,顺便把韩波扶了正。参加工作的时候,韩波比徐扬晚两年进了同一家医院。韩波知道，自己能进这家医院，徐扬在主任那里没少出力。等到后来科室的老主任升了院长，徐扬给韩波投了决定性的一票，才把他推到了主任的位子上。所以，科室的同事都知道，徐扬比主任还主任，比韩波还韩波。

给省委李书记做搭桥手术头一天，韩波就联系好了海州电视台生活频道。电视台负责手术过程的直播和录制，另外等手术一结束，还要对徐扬进行一次专访。这既讨好了徐扬，又宣传了医院，可谓一箭双雕。在韩波看来，由徐扬主刀，手术失败的概率基本是零。

其实，徐扬表面上相当自信，背地里却没少下功夫。他找来了几例经典的搭桥手术视频反复地观看、揣摩，又查阅了自己近几年来的笔记，对手术的全过程进行了一次系统的回顾。他心里明白，此次手术，非同小可，关系着他的前途。如果手术成功，就意味着从此他和李书记之间就建立起了一层关系，对他以后晋升职称以及职位升迁都有帮助；一旦失败，他的医生生涯也就当到头了。他把李书记的所有检查结果、病历，从头到尾分析了一遍。六十二周岁，合并有脑动脉硬化，说实话，有一定的风险，但根据徐扬的综合分析，会诊结果是正确的，因为这种风险相比于采用介入治疗之后的再狭窄，是可以忽略的。再说，李书记的病变处在左主干，按照临床经验，左主干一旦发生堵塞或再狭窄，搭桥手术是首选，因为如果不手术，短期就可能会致命。

当天，手术进行得很顺利，徐扬一走出手术室，就被一堆镜头淹没了。镜头里，徐扬漂亮地打了一个响指。

## 六

徐扬第一次去段恋家，是在段恋的生日宴会上。

那天，徐扬刚下班，就收到了段恋发来的短信：今天是我生日，老公不在，你晚上过来，广州路十二号。

徐扬曾想象过段恋家里的奢华，复式楼，两三百平方米，落地窗，高档的真皮沙发，高档的木质地板……但当徐扬真正来到广州路十二号的时候，他还是被镇住了——他看到的是别墅，是游泳池，是后花园，是五六个穿着体面的保姆。当然，这些保姆不仅穿着体面，而且也很聪明，她们知道当除了男主人之外的第二个男人出现在这个家里时，沉默是最好的选择。同样让徐扬感到惊讶的是，他原以为以段恋老公的社会身份和地位，即使本人不到场，来参加晚宴的人也一定会很多，想不到宴席上却只有他一位客人。段恋解释说："平常在外面应酬惯了，累，今日是我生日，只想放松一下，咱俩聚在一块儿，简简单单吃一顿。"

徐扬也怕应酬，听段恋这样一说，心情反而轻松下来。尽管人少，菜却很精致，很多菜徐扬都是第一次吃到。参加工作这几年，徐扬跟在领导后面也参加了不少饭局，山珍海味也略尝一二,可这一次段恋在餐桌上所显露出的高雅品位,还是让他暗暗纳罕了一番。

在来之前,徐扬专门找韩波借了两千元,跑到一家商场去给段恋准备礼物。一个月前,他陪一个女同事去过那里,当时他一眼就看上了一件紫色套裙,它是那么高雅,那么光彩照人。他没有向女同事推荐这件衣服,她不配。这个想法,很直接,但徐扬心里就是这么想的。他首先想到的是段恋。他想,在这座小城,只有段恋配穿这件套裙。他在脑海里幻想着段恋穿上它之后的样子,想着想着,就把女同事冷落了。标价一千八,在海州市这座小城来说,已算是高消费了,但徐扬知道,对于段恋,五千元以内的衣服无异于地摊货。最终徐扬还是买了。他想,段恋穿上它,一定很迷人。

段恋关掉了客厅里所有的灯,点燃了三十九根蜡烛——这让徐扬第一次知道了段恋的年龄,很俗套的烛光晚宴,但很实用,气氛马上被营造起来了。音乐从各个角落里响起来,涌上席间,依然是肖邦小夜曲,温和、舒缓的旋律流淌在杯盘之间。

徐扬很是时候地献上了自己的礼物。段恋一看见这件紫色套裙,整个人就猛地紧了一下,胸口密密地痛。只是这个小小的细节被晃动的烛光掩盖了,徐扬没有看到。

穿上紫色套裙的段恋就像变成了一只紫色的蝴蝶,和着音乐的节拍,渐渐地在徐扬周围翩跹起来。

她是那样开心,她跳啊跳啊,清脆的笑声洒落一地。她醉了,徐扬也醉了。徐扬看见,一千只、一万只紫色的蝴蝶在眼前飞舞。段恋停下来,换了一支曲子,节奏欢快、奔放。她的舞步一点点加快,整个人旋转了起来。紫色的裙摆在紫色的世界里旋转,旋转,淹没了段恋,而段恋淹没了一切。徐扬被段恋的裙摆裹了进去,两个人以彼此为支点,不停地旋转。音乐渐渐停歇了下来,两片嘴唇就粘在了一起,热烈而迫切,舞步依旧旋转不停……

段恋忽然潸然泪下,猛地推开了徐扬。

这一幕,她太熟悉了,她想起了她的父亲段鹿鸣,想起了母亲秋小敏,也想起了那个叫温小茹的像蝴蝶一样的女人。

## 七

段恋的父亲段鹿鸣是师大中文系的系主任,学校里的学术尖子。母亲秋小敏却连小学都没读完,靠着丈夫的关系,在师大食堂旁边赁了一间铺子,卖水果。段鹿鸣刚进师大的时候,曾在学校引起了不小的骚动:他堂堂一个北大的博士毕业生,论长相在师大也是拔尖儿的,怎么就娶了一位农村妇女呢?这极大地伤害了师大所有女性师生的感情。

如果说秋小敏闭月羞花容貌出众倒还罢了,可这位段夫人就是让一位品位宽泛的人也难从她身上有任何关乎美的发现,她个头儿小,小到和段鹿鸣并肩走时,她的头时不时会碰到他的胳膊肘;她脸色蜡黄,皮肤干枯,枯到连她自己都会有一种和树皮比较的意识。

再看看段鹿鸣,完全是换了一道风景:他挺拔,挺拔到每次进教室的门,他的学生都会担心他的头会撞到门框上;他英俊、帅气,帅到你从正面看他时,怀疑他是周宏岭,换个角度,你就会确信自己偶遇了谢霆锋。用他学生的话说,"段老师是横看成岭侧成峰(锋)"!

可想而知,以段鹿鸣和秋小敏的搭配,走在校园里,无时无刻不会碰落一串串湿漉漉的目光。于是,就有人生出各种各样的联想,有的说段鹿鸣和秋小敏是指腹为婚,段鹿鸣为遵父命才娶了秋小敏;有的说秋小敏曾救过段鹿鸣的命,段鹿鸣为报恩以身相许;甚至于有人说段鹿鸣身体有缺陷,不是真正的男人,不得已才与秋小敏"强强联手"。

很快,这后一种猜测随着段恋的出生不攻自破了。

段恋出生之前,学校就有不少人私底下议论段博士这位即将面世的千金,到底是父系遗传占主导还是母系遗传有优势。当然议论者里,十之八九愿意看见的是后者,因为一个坏消息往往可以给人提供一个十天半个月的谈资,而且还有历久弥新的效果,而好消息,顶多只能让人浪费一句虚伪的赞叹。很可惜,段鹿鸣夫妇辜负了大家的期望,任何一个人都能从一岁的段恋身上看到段鹿鸣的影子。

段鹿鸣是那种藏不住幸福的人。他喜欢在傍晚的时候,与秋小敏走在校园的石板路上,尽管这道风景看起来不是那么协调。越是人多的时候,他越是和秋小敏走得贴,不是距离上的贴,而是那种发自肺腑、别人能感受到的贴。很多结婚多年的女教师,每当看见这道风景,总是会感慨一句:"别说世间没有爱情,怪就怪自己没那个福气!"段鹿鸣对秋小敏的爱,是印到骨子里的,一刻也离不了。他每次出差,不管多远,不管多忙,每天睡前,他都会给秋小敏写信,写那种只有少男少女才写得出的信。秋小敏不认识字,段鹿鸣回到家就给她一句句地读,一个字一个字地解释。每次出差回来,他都会把她抱进被窝里,花一整个晚上,听她讲那些诸如苹果又涨了价、乡下老家的母猪又生了猪仔的闲话,好似自己从一位学富五车的博士退化成了一个农夫。说句实话,段鹿鸣还真想过过那种平淡的田园生活。

在段鹿鸣进中文系教研室之前,整个办公室毫无一点儿生气,你忙你的外国文学,我忙我的古代汉语,井水不犯河水。段鹿鸣来了,整个中文系就活了。不管是搞外国文学的还是研究古代汉语的,对于段鹿鸣和秋小敏的搭配都有着浓厚的兴趣。他们旁敲侧击,声东打西,抛砖引玉,一次次企图撬开段鹿鸣的嘴,却一次次以失败告终。段鹿鸣始终不愿道出他的那段往事,好像他曾犯下一桩丑闻羞于开口一样。

是的,他的确羞于开口。

段鹿鸣爱上秋小敏是在县中对面的菜市场上。那时刚刚高考落榜在县中复读的段鹿鸣，心情很是沉郁。中午放学后，段鹿鸣为了一道物理计算题纠结了大半个小时，学校食堂的饭已经卖完了，他只能到菜市场上的一家小店去吃小笼包了。那天，秋小敏在水果摊前安静地坐着，静得像她摊上无人问津的苹果。她的相貌实在太一般，个头儿矮不说，还长了一张实在让人不敢恭维的脸，可她有双独一无二的眉毛，又黑又浓，迎着太阳闪光。

段鹿鸣在水果摊前停了下来，不是想买水果，而是系鞋带。秋小敏就冲他笑了一下。就这一笑，段鹿鸣看到秋小敏的眉毛上飞起了一抹阳光，把他暗淡的复读生活照亮了。后来，秋小敏问段鹿鸣，他曾经无数次在菜市场经过，为何只有那一次才注意到了她。段鹿鸣敲了一下她的脑门儿，故作深情地说："缘分！"

"你到底爱秋小敏哪一点？"自从段鹿鸣和秋小敏确定关系那一天起，就不停地有人问段鹿鸣这个问题。要是问他爱不爱秋小敏，他会不假思索地回答："爱！"自从他见到秋小敏的眉毛起，这种爱，一刻也没有间断过。可是要问段鹿鸣他到底爱秋小敏什么，恐怕连他自己也不知道。如果你硬要让段鹿鸣说出点子丑寅卯来，他也只能红着脸说："我记得她当时朝我笑了一下，眉毛里飞出了一道光，我一下子就爱上了那双眉毛，也爱上了她。"他每每对别人这样说的时候,总会招来一串的笑声。这就是为什么,他进师大任教以后,再未提及此事了。

后来有个学心理学的同学告诉段鹿鸣,他的爱情动机是十分可靠的。同学说:"人类的爱情常常跟一些小事有关,大部分人产生爱情,都不是因为思想、品德,而是因为某种细节。"这么一说,段鹿鸣虽然仍旧不愿再在人前提起此事,但在内心却为自己找到了强大的理论依据,秋小敏也就成了他的一块宝——直到温小茹的出现。

八

刚进师大的段鹿鸣比他的学生大不了几岁,彼此间很有些共同语言。课间的时候,他喜欢到学生中间坐一坐,翻翻他们的笔记,聊几句他们喜欢的娱乐明星。他的学识才气,他讲课的激情,他语言的感染力,使他在学生中很有一些崇拜者。温小茹便是其中之一。女孩子们围着他,七嘴八舌地抢着和他说话。只有温小茹一个人,坐在一个靠窗的位子上,手里拿着一本《欧美十大流派诗选》,一副与世无争的样子。

温小茹不是胆大的女孩子,她像大部分农村女孩那样,含蓄而内敛,略带几分自卑。其他女生围坐在段鹿鸣面前,聊天,说笑,那么近,那么肆无忌惮。温小茹既害羞,又嫉妒。

有时,她扭头看窗外,或趴在桌子上装睡,表现出一副无所谓的样子。她有一种怪怪的感觉,她怕,怕段鹿鸣来到自己的跟前。

段鹿鸣终究还是站在了温小茹的面前。那天课间,她依然像往常一样盯着窗外,可眼睛里却没有风景,她全部的注意力都在段鹿鸣身上了。看着看着,段鹿鸣就向她走了过来,坐在了她的对面。

"你叫温小茹,是吧?听说你会写诗?"他温和地笑着说。

温小茹从座位上站起来,耳朵里一片轰鸣。

"站着干吗,坐啊,老师在《诗刊》上看过你的诗,很喜欢。"

温小茹看见他对她笑,笑得那么亲切,心里一下子就安稳了下来,随之竟也笑了起来。

温小茹是那种典型的才女,会画几笔工笔,又能写一手清丽的诗,这让段鹿鸣很是激赏,常常在课堂上声情并茂地朗诵她的诗句。温小茹总是能把瞬间的美准确地诉诸笔端,凝结成短小而雅致的诗句。然而自从那天起,温小茹的诗一下子就变得浓烈起来了。"你的唇像一朵一开一合的喇叭花,而我,只想在这朵喇叭花里一开一合",这一句曾经段鹿鸣之口在师大传诵一时。

生活开始向温小茹呈现出了它明亮的一面。只要有段鹿鸣的课,她就和别的女生一样学会抢占教室里的风水宝地了——她开始坐在教室第一排正中了呢。她有时埋头记录,几乎把他讲的知识点一字不漏地记到笔记本上;有时又心神恍惚,根本听不清他在讲什么,只是愣愣地看着他往黑板上写板书的背影。

温小茹变了,变得很活泼了,唱歌、玩闹,和其他女生一样的疯。她白天看大量的书,写大量的诗歌,晚上和几个要好的女孩挤在一个被窝里听她们讲自己的恋爱故事。半夜里别人睡意正浓的时候,她会爬起来端着脸盆到公共洗漱间里洗衣服,边洗边唱着欢快的歌。她充实而快乐,为自己小小的忧愁而甜蜜着。

如果不是见到了秋小敏,她会一直享受着这种感觉,把一个人放在心里的感觉。

温小茹听说过关于秋小敏的一些描述,也听说段鹿鸣很爱段师母,但她不信,她不相信段鹿鸣会娶那样一个女人。在她的想象里,段家师母是圣洁的、不容玷污的,加在段师母身上的任何贬义的词语都是对段鹿鸣的一种侮辱。当然,也是对自己的一种侮辱。她相信段鹿鸣的眼光和品位。

那是一个深秋的中午,校园里的石板路上铺满了凋零的法国梧桐叶。段鹿鸣刚刚上完了课,打算回家,外面却飘起了小雨,湿湿冷冷的。他没有带伞。温小茹刚想把伞让给他,穿着一件黑色雨衣的像球一样的秋小敏就"滚"了进来。

温小茹的脑袋"嗡"的一声,伞掉在了地上。

那天,温小茹一个人走在雨里,没有撑伞……

第二天,温小茹没有来上课,接连两个星期都没有来。温小茹病了。她躺在床上,每天听着宿舍里的姐妹们出出进进。热闹是她们的,她什么也没有。她厌恶地闭着眼睛,闭着嘴巴,甚至重新装上了早已拆下的蚊帐。

段鹿鸣来女生宿舍看温小茹那天,刚好是周末,系里组织学生去大礼堂看一部文艺片。温小茹没有去,她在等他来看她——已经等了两周了。躺在床上的温小茹,做了一个梦,梦里是一片花海。她头上戴着一个花环,段鹿鸣就站在他的面前。他在讲课,只讲给她一个人听……后来,花海突然消失了,段鹿鸣也不见了。冰凉的眼泪流进了她雪白的脖颈里,她醒了过来。她看见,段鹿鸣就站在她的床前,脸上挂着她无比熟悉的笑容。

温小茹惊讶地坐了起来,段鹿鸣从身后拿出一本装订考究的小书——《温小茹抒情诗选》。段鹿鸣整整熬了一学期的夜,从温小茹一千多首诗里遴选出两百首,然后校对、修改,又自己掏了一万元,找熟人印了集子。段鹿鸣在床沿上坐了下来,笑一笑说:"段老师是昨天才知道你病了的,你好好养病,要不段老师就读不到那么好的诗了……"

第二天,温小茹来上课了,生活重新平静了下来。她依然充实而快乐,依然为自己小小的忧愁而甜蜜着。

## 九

　　一晃三年就过去了。温小茹下到了市区一家中学实习。副校长华辉，也是师大的毕业生，在这所学校，口碑很是不错。温小茹来单位报到的第一天，华辉就朗朗地笑着说："欢迎你啊，小师妹，好好准备一下试讲，宿舍给你安排好了，有任何问题，你直接找我。"

　　温小茹初来乍到，就得到了这个既是上司又是学长的男人的关爱，心里很是欣悦。

　　华辉主管教学，和温小茹一样，也代语文课。华辉有领导的派头，却没有领导的做派，就算一个新来的青年教师，也敢拿他开玩笑。但他若是下达一个什么命令，没有人不愿意执行的。他的那种能和教师们打成一片的能力，不是刻意施为的，而是缘于骨子里透出来的善意，任是一个傻子也能感觉得到。温小茹想，世间真是藏龙卧虎，一个中学里偏偏就有这样的人物！

　　温小茹慢慢地开始崇拜起华辉了，崇拜他的博学多识、他的勤奋、他的意志力、他的威信、他的亲和力，更崇拜他的三分球。学校那个破旧的篮球场，只有华辉在的时候，才会有女教师在那里逗留。他带着球从球场这头跑到那头，女教师们的头就从这边转到那边。他进了球，场外就爆发出一阵夸张的赞叹；他输了球，也仍旧有人愿意留下来喝彩。温小茹觉得这是个用语言无法尽述其魅力的男人。

华辉就连外貌也几乎是完美的，他一米七九的身高，面孔线条分明，气质儒雅，风度翩翩，毫不逊于段鹿鸣。女教师们说起自己的男人，最后总会感慨一句："瞧人家华校长怎么长的！"

温小茹知道华辉欣赏她，是那种领导对下属的欣赏。当然，也不排除其中含有一个中年男性对一个青年女子的喜爱。在学校里，华辉从不掩饰自己光明磊落的感情。学校组织的很多活动上，他都会当着所有教师的面，说："来，温小茹，和我一起跳支舞。"温小茹一跳才知道，篮球不算华辉的强项，跳舞才是。他搂着温小茹的腰，引导着她的步子。温小茹跳着跳着，恍若进入了梦境一样。她像是被他带到了泉水淙淙的溪边，花香馥郁，鸟声一片……温小茹醉了。

按说，华辉是一个公众人物，应该懂得谨慎，和女同事保持一定的距离。但在这所学校，没有人怀疑他，没有人议论他的是非，所有人都将嫉妒化作了爱戴。温小茹是那样尊敬着他，甚至把他当作父亲一样看待。

可是，冰冷的现实还是打碎了她对世界的美好认识。

温小茹到学校的第六个月，刚好赶上本校的五十周年校庆。华辉把温小茹借调到了宣传部，协同校庆期间的宣传工作。校庆忙完后的那个晚上，华辉把温小茹单独请到家里,亲手烧了满满一桌子菜,还备了葡萄酒。就是在那个晚上,温小茹像父亲、像兄长一样爱戴着的男人,一夜之间就变成了一个恶棍。他粗野地把喝醉的她摔在床上,然后粗野地撕扯掉她的裙子、她的上衣、她的胸罩……布料破裂的声音像一把利刃,扎进了她滴血的心脏。

再次回到师大校园的温小茹,脸上就多了很多内容,随便一颦一笑,都给人一种花枝乱颤的感觉。她的几个同室好友说:"温小茹怎么就变了呢?"

毕业前的一次聚会上,温小茹异常活跃。那天她穿了一件紫色套裙,一首接一首地唱歌,然后跑到段鹿鸣的面前,说:"段老师,咱们一起跳一支舞吧!"段鹿鸣当然没有拒绝。大学的时候,段鹿鸣参加过一个叫"舞艺"的舞蹈社团,有些底子,舞起来行云流水的。温小茹被段鹿鸣的双臂托举着翩翩起舞的时候,就有了一种如在梦中的感觉。音乐的节奏越来越快,温小茹就像一朵紫色的花绽放在大庭广众之下。

温小茹一圈又一圈地旋转,旋转,她看见无数盏灯在自己的眼前闪烁,无数个段鹿鸣抱着自己。她还看见了华辉狰狞的脸以及段师母穿着雨衣像球一样的身体。她生出了一种想要复仇的欲念,这种欲念紧紧地撕扯着她,让她喘不过气来。大厅里的灯突然灭了……她停下来,死死地抱住他,找寻着他的嘴。那张嘴没有拒绝。

温小茹愣了,她原以为需要花费一两年工夫才能从秋小敏身上剐下这块肉来,没想到段鹿鸣却主动缴了械。她像是把全身的力气都用在了嘴上似的,疯狂地吮吸着,仿佛要从段鹿鸣的嘴里把失去的东西都吸回。

灯再次亮了,温小茹恍然有隔世之感。她在心里告诉自己,这个世界上的很多东西,只有在黑暗中才能看得清楚。

段恋十岁的时候,此时已是师大研三学生的温小茹以家庭教师的身份出现在了她的家里。段鹿鸣向秋小敏解释说,自己的英语不好,温小茹这方面没的说,又是自己的学生,大家知根知底的,辅导段恋正合适。

在起初的大半年时间里,除了在所谓的家庭课堂上,段恋几乎不开腔,不理段鹿鸣,也不理秋小敏。她隐约感觉到,这个叫温小茹的娇滴滴的女人不是来做她的老师的,而是要与她争夺父亲、与母亲争夺丈夫的。平日里,温小茹对她倒是好的,尤其当着段鹿鸣的面,她的态度便会十分温婉。除了上课外,她一有时间,就会帮着秋小敏缝东补西的。缝纫机是秋小敏的陪嫁,但她的手只会称水果、卖蔬菜,别的她做不来。

温小茹就不一样了,她的手巧得令人嫉妒。她不仅能画些花花草草的哄段鹿鸣开心,还会给段恋做一些花花绿绿的衣服。段恋觉察到,段鹿鸣看温小茹的手时,眼里有柔软的东西,就像他从前看秋小敏一样。

秋小敏在段鹿鸣面前是自卑的。这个段恋看得出来。十岁的段恋知道,看上去呆板的父亲,骨子里依然是向往风花雪月的。温小茹就像是一个戏子,两只水袖在段鹿鸣面前舞得风生水起。

果然,不到半年,段鹿鸣就开始耽于这种生活了。秋小敏也真有骨气,不用他多说一句话,既不吵,也不闹,风平浪静地离开了。这出乎温小茹的预料,也出乎段鹿鸣的预料。对于外界的舆论来说,她走时与她来时同样让人唏嘘不已。

母亲的离去与继母的到来,对十岁的段恋来说,似乎没有多大的不同,唯一的变化,就是秋小敏那张挑拣苹果的手再也不会落到自己的脸上了。她原本准备好的,打算在合适的时候拿来发作的敌意,渐渐被温小茹蚕食了。她开始慢慢地习惯,乃至喜欢上了温小茹所带来的全新生活。温小茹能把饭桌上弄得红红绿绿,西红柿炒鸡蛋、荷叶包驴肉、胭脂菇炖鸡汤,不像秋小敏,自己卖土豆,家里就一年四季吃土豆,土豆丝、土豆片、土豆条、炖土豆、炸土豆、烤土豆,吃得段恋见了土豆就像见了班主任似的。温小茹的手艺,完全迥异于秋小敏那朴素粗糙的风格,她有一种美学上的手段。

这效果不仅打动了段鹿鸣,也迷倒了段恋。直到段恋自己为人妻,也依然佩服温小茹的女人的哲学。是温小茹教会了她,蛊惑男人,不仅要靠如花的容颜,还要在许多细节上下功夫。

长大之后的段恋终于明白了,在温小茹的石榴裙下,段鹿鸣自然就不需要秋小敏的眉毛了。坦白地讲,秋小敏并没有输掉什么,也没有失去什么。她的到来是因为一个男人用自己编织的谎言欺骗了自己。而她的离去,也只不过是另一个女人帮男人自己拆穿了这个谎言。

## 十

段恋就这样与温小茹相安无事地生活了十几年,平平淡淡,波澜不惊。这样的生活一直持续到她考上大学,离开这座城市。那一年,段鹿鸣也凭借自己在师大中文系无人撼动的学术地位,成了本系新一代掌门人。

大四那年暑假,段恋从J大回来。温小茹和她有过一次谈话,这让已是成人的段恋依然有点儿吃不透温小茹这个人。

"在学校有没有谈男朋友?"

"没有。"段恋有些吃惊。

"那有人追你吗?"

"也没有。"

"你就这么没魅力?"

段恋笑了。

"你还笑?"温小茹盯着段恋的脸,淡淡地说,"你看你穿的,怎么能吸引男人,哪像是教授家的千金?还有你的发型,光看你,别人还以为回到革命时代了呢!"她一边说一边从包里摸出一面小镜子,递给段恋,让她自己看。段恋接过镜子,有点儿窘,照也不是,不照也不是。

"吸引不到男人就算了,反正这个世界上男人比女人多。"段恋故作幽默地说。

温小茹哼了一声,冷冷道:"男人都是用眼来区别女人的,他们看到的都是肉。"过后,见段恋不说话,她又加了一句:"你爸也一样!"

段恋愣了一下,她想起了秋小敏,甚至想狠狠地骂一顿眼前的这个女人,但她却怎么也骂不出来。

"你生活得幸福吗?"段恋不明白自己为什么会这么问,她自己也觉得问得有些突兀。

"说不上幸福,也说不上不幸福。"温小茹一边说,一边把镜子放回包里,"段鹿鸣并不是一个坏男人。"

"段鹿鸣?"听温小茹的语气,仿佛段鹿鸣只是她的一个朋友而已。

"恋爱一定要谈,回头我给你介绍一个小伙子,挺不错的。"温小茹颇有几分语重心长地说,"女人是耗不起的。"

温小茹研究生毕业后,留在了师大党委宣传部从事宣传工作,春去秋来,现在已熬成了副部长。半年前,部里派她到市委党校参加一个为期两个月的党员培训。快结业的时候,全班一起到外面吃散伙饭,地点就在师大对面的潇湘菜馆。因为人多，点的菜也多，菜上齐前，就有足够的时间用来闲聊。那天，坐在温小茹右边的是来自本市 A 大的宋老师。宋老师是那种典型的话痨，话多得不行。那天，她一直在谈论港版的《新神雕侠侣》，谈论杨过与小龙女缠绵悱恻的师生恋，谈得惊涛拍岸，风卷残云。

温小茹皮笑肉不笑地听着，提防着，偶尔机械地回应一句。宋老师谈到杨过与小龙女终成眷属，浪迹天涯时，已是一把鼻涕一把泪了。尽管包厢里二三十张嘴没一张闲着，但集体的声音还是没能压住宋老师抽泣的女高音，大家伙眼睛直溜溜地往温小茹这边看，都以为她和宋老师之前闹了什么不愉快，今天借酒泯仇。这种注视，足足持续了十几秒钟，温小茹的脸早已红得发烫。孰料，宋老师突然话锋一转，破涕为笑，说："温老师啊，你看看我们小司啊，长得眉是眉眼是眼的，没有女人看了不动心的，一点儿不比古天乐长得差。可惜我们那鬼学校阴阳不调，历来是女人的天堂男人的地狱，找不出一个像小龙女那样冰清玉洁的女孩来。你们学校一向是以出产美女著称的，帮我们小司留个心，挑一个不求倾国但求倾城的美女，来缓解一下我们学校狼多肉少的局面，省得涝的涝死，旱的旱死，也让小司不白长一张明星脸。"

宋老师所说的小司，名叫司青，是他们学校派来和她一起参加培训的，班里三十几位同学数他最年轻，明年才到而立之年。这种培训班每年都有,已经成了市委宣传部的一项传统政绩。有的单位来两个人,叫"双胞胎";有的单位来一个,叫"独生子"。被派来的人都是过了三十奔四十的样子。这是有道理的。年纪大的培训了没价值,一般也不愿意来;年纪小的新手又没资格来——但也有例外,司青就是。

温小茹听了宋老师的话,"扑哧"一笑,抬头看了一眼司青。司青就坐在对面,也下意识地抬起了头,刚好撞上了温小茹递过来的眼神,不觉莞尔。

温小茹和司青,同在一个教室上课三个多月,抬头不见低头见,却从来没说过半句话。这是司青的习惯。他喜欢在女人面前端着,尤其是漂亮女人。这是某些长相不俗的男人一贯的作风。而温小茹呢,也自恃徐娘未老,从来不正眼看一眼司青。若是两人在校园里狭路相逢了,彼此就当对方是一朵飘摇的云彩,风一吹,就过去了。其他同学之间几个月下来,早已热络得无风自起三尺浪了,而他们俩,依旧是波澜不兴,依旧是死水一潭。直到来吃这场散伙饭,彼此依旧视而不见。也正是因为这种视而不见,才给予了彼此间发生另一种关系的可能。而这种微妙的关系,绝不可能在宋老师与司青之间发生,更不会在宋老师与温小茹之间发生。这一点,温小茹比谁都明白。

所以,温小茹就当真接过了宋老师的话。她笑一笑说:"我们学校的确是千树万树梨花开,朵朵都是芳香四溢。有的含苞待放,有的招蜂引蝶,只是不知道小司老师愿意采哪一朵?"

这话自然是说给司青听的,但温小茹的眼却是看向宋老师的。宋老师当然不解其中滋味,她没话还找话呢,哪能错过这个绝佳的机会?没等司青搭话,她早已把话茬接了过去:"我们小司,不仅有杨过的长相,还有南帝的人品、东邪的才气、北丐的武功,龙女花怕是不要了。"

"龙女花可是上上品啊,为何不要?"温小茹又接了一句。宋老师要的就是这句话,关子卖足了,自己说着才有劲头。她故意提了提嗓子说:"龙女花模样倒是好的,只不过早早地被尹志平沾了手,香得不地道了。"一屋子的人都笑了,唯独温小茹没有。宋老师无心的一句话,却刺到了她的练门,刺到了她的软肋。

那天,温小茹喝了很多酒。她是不能沾酒的,一沾酒,言语就趔趄了起来。事后,她只记得自己说了很多话,具体说了什么却忘了。那天大家分手时,司青望了温小茹一眼,就像杨过十六年后在绝情谷底重逢了小龙女。

# 十一

约是十几天后,温小茹忽然接到一个陌生电话。当时她正在看《神雕侠侣》的小说,整个人都陷在了故事里,心一时还收不回来。电话那头忽然飘过来一句话:"我是杨过,等着采花的杨过,你答应给我介绍对象的。"只这一句,她眼前立刻浮现出了司青那张俊朗的脸。

一星期后,温小茹把司青约到了家里。在座的还有段恋。

段恋历来是对相亲不抱什么希望的,但是温小茹的话她又不能拒绝。段恋没有过多的修饰,素面朝天,白裙子配粉T恤,倒也爽净。温小茹把发髻绾得高高的,穿一件黑色旗袍,相比于段恋,是另一种风情。

那天席间,司青话不多,不过也没失了礼数,时不时地为段恋添饭、搛菜,很是殷勤。这让温小茹很是吃惊。男人一旦占了一副好皮囊,十有八九会端起来——这个温小茹早已领教过了。况且今天明摆着,是他掉进了自己设的陷阱。这个,司青不会不知道。她以为司青会怠慢段恋,以示报复,司青却偏偏采取的是以退为进的策略,两头都热,两头又不特别热。这是男人独有的伎俩。

比温小茹更惊讶的是段恋,她没料到温小茹给她介绍的是一个足以满足任何女孩虚荣心的男人,心里陡然对温小茹生出了几分感激。在她的心里,温小茹的身影逐渐与秋小敏重合了。

段恋与司青的约会,就这样一次次开始了,有时在家,有时在酒吧或者是公园,但都有温小茹在场。温小茹玩的是醉翁之意不在酒的把戏,段恋是酒,她自己是酒之外的东西。可是到后来连她自己也有些捉摸不定了，这一次次的约会，司青没有一次对段恋表现出不耐烦。她修好了栈道，司青却没有暗度陈仓的意思。倒是段恋，对司青早已爱得一塌糊涂了。她专门拿出了五千元给自己买衣服，还做了新发型。只有热恋中的女人才有这种魄力。

段恋开始在一次次洗完澡后对着镜子打量自己了，她看到的身体，是与光滑、修长、红润、饱满这些字眼联系在一起的。充满了生机和活力的身体，适合爱情的光临。段恋忘了上一次照镜子是什么时候的事儿了，显然，她的相貌在最近一段时间内有了变化，眉眼依旧，鼻子嘴巴也都是二十多年来看惯的，但却散发着以前不曾有过的温软气息，有点儿豆蔻枝头二月初的意思。她开始频频地把司青带到自己的学校了。她看得出女生们看自己的眼神里满含嫉妒，而这恰恰是她想要的，她为这个小女人的想法而快乐着。这种快乐能持续多久呢？段恋不知道，知道的是温小茹。

段鹿鸣来师大时，学校是分了房的，等到和温小茹结了婚，就又在郊区买下了一处三室两厅的房子，从学校搬了出来。最近因为系里工作忙，他一直住在学校的老房子里。那天，段恋对温小茹说："晚上要去师大附近参加一个聚会，可能会很晚，今晚就住在爸爸那儿算了。"孰料，段鹿鸣当晚临时有事不在，段恋只好折了回来。一回到家才发现，温小茹也不在，自己只好草草地睡了。她一躺下，就强迫自己睡着,她迫切地需要一个梦来继续白天与司青在一起的甜蜜。她如愿以偿了。梦里,司青西装笔挺,深情款款地单膝跪地,抱着一束红得耀眼的玫瑰来向她求婚。她到底该马上答应,投入他的怀抱,还是故作矜持,给他最后一次考验呢?她在梦里为这个小小的矛盾而甜蜜着。终究是爱情的力量战胜了自己的小心思,她知道自己已经等不及了,她要马上扑入他的怀抱,给他一个全世界最热烈的吻。她还没有抱住他,自己却醒了。"该死的。"她在心里骂自己,企图重温梦中的甜蜜,但却办不到了,她听到了开门的声音。

进来的是两个人,在门后面缠绵了一会儿,才挪进卧室。她听到了两个熟悉的声音,一个是温小茹,另一个却不是段鹿鸣——而是司青!

司青开了床头灯,灯光很暗,是淡淡的粉色,温小茹的脸在这种光线里面显得分外娇嫩,像雨后的玫瑰花瓣。

两个身体的撞击声与喘息声不断地传进段恋小小的房间。迷蒙中的段恋,听到了梦破碎的声音,像是一根冰凌掉落在石板上。月光透过窗子射进来,苍凉如水,冷得骨头直打战。被子也开始变得像铁一样凉,一样坚硬。

一阵喘息声过后,客厅里响起了音乐,响起了肖邦小夜曲,也响起了两个人的舞步。这些杂乱的声音像一根线,牵引着段恋站起来走到卧室的门口。眼前的一切一览无余。她赤着脚,十指覆地,不停地战栗。

穿着紫色套裙的温小茹就像一只紫色的蝴蝶,和着音乐的节拍,在司青周围绽放成紫色的花朵。她的舞步一点点地加快,整个人旋转了起来。紫色的裙摆在紫色的世界里旋转,旋转……音乐渐渐停歇了下来,两片嘴唇就粘在了一起,热烈而迫切。

几年之后,这一幕发生在了徐扬和段恋的身上。

温小茹看见了段恋,看见段恋在冲着她笑。那笑,就像窗外的月光一样清冷。

"你赤着脚,要生病的。"温小茹沉默了一会儿说。

段恋就咯咯地笑了起来,笑声连成了一串,像西伯利亚吹来的冷风。"我看见你们上床了。"

温小茹躲闪着段恋的目光。

"怎么了?做都做了,还怕什么?!"段恋的声音冷得可怕,"他和我爸比,谁更出色?"

温小茹笑一笑,直视着段恋:"不是我抢了你的男人,是你根本不懂男人。"

## 十二

段恋平时很少有看报纸的习惯。那天,她从师大门口经过,顺手在报摊上买了一张《海州晚报》,一眼就看见了披红挂绿的徐扬。段恋觉得应该庆祝一下,就给徐扬发了个短信:今晚八点,蓝调酒吧。

依然是星期一,酒吧里的人却比以往多得多。门口的书报架上,一排排娱乐杂志蔚为壮观,只是封面上女模特的冷脸和笑面依然无人问津。

段恋比约定的时间提前二十分钟到了这里,这是她的习惯。她喜欢这里慵懒的气氛,这让她感到惬意。她坐在一张靠窗的座位上,纱帘低垂,桌上有她刻意点燃的蜡烛。斗方之间,弥漫着一种居家的温馨与私密。她依然穿着那件紫色套裙,只是今天脖颈上多了一条铂金项链,雍容华贵间亦不失庄重典雅。

徐扬一进门就直奔这边来了,他对这里太熟悉了。几年间,他和段恋曾无数次在这里度过美好的夜晚。

"来,干一杯。"段恋朱唇轻启,啜了一口波尔多红酒。

对他们两个人来说,一切关乎祝贺的语句都用不着太过热烈了,那样反而会疏远了两人的距离。

"谢谢。"徐扬当然明白段恋喊他来这里的原因。

如果说五年前他们在这里初次见面时,彼此间还试图用语言做着多余的防范的话,那么此刻,语言在二人之间就失去了原有的意义,一切都已经心照不宣了。

徐扬刚把一瓶桃乐丝红酒打开,就看见了段恋深锁的眉头。

"怎么了?"

"头疼,有些日子了。"

"还记得那种麻醉药吗?贝因纳尔,法国进口的,可以口服,滴一滴在水里就没事了。"徐扬笑一笑,从上衣口袋里掏出了一支注射器,递给段恋,"这是我的习惯,防身。"

"谢谢。"段恋把滴有贝因纳尔的桃乐丝红酒一饮而尽。

那晚,徐扬和段恋都喝得有点儿多,高脚杯与高脚杯的碰撞成了二人之间最好的交流。很快,一抹酡红爬上了段恋的面颊,在酒吧昏黄的灯光下显得婉约而娇艳。徐扬有些呆了,他用一种陌生的眼神看着段恋。如果不是因为那个推销保险的小姐不识时务地介入,他打算就这么一直看下去,直到酒吧打烊。

保险推销员就这样径直地走了过来,从邻桌拉过一张凳子,坐在了二人之间,没有一点儿铺垫。

"可以啊小姐。"徐扬有些不快,"上门服务啊,生意都做到这份儿上了。"

"没办法,脸皮厚是我们这行的职业需要,脸上厚一点儿,钱包就厚一点儿。"她说完,又指了指自己的胸牌,"太平人寿,小刘。"

"给你三分钟,说服我们接受你继续坐在这里,否则——你的到来可能让段小姐感到不快。"徐扬看着小刘说。

"先听她说,或许我们真有需要。"段恋给了她一个微笑。

"段小姐比你有风度。"她斜睨着徐扬,眼神里诉说着夸张的不屑,"不过三分钟已经足够了。"

"那我洗耳恭听。"徐扬刻意地向小刘靠了靠。

"从桌上的酒来看,两位经济方面应该比较乐观。"她拿起一个空酒瓶打量着,"拿我给两位推荐的一款保险来说吧,保险公司其实是一处隐形银行:在受保人终生平安的情况下,它从受保人那里拿走一小部分钱,这部分钱对于有钱人来说,基本可以忽略;但如果受保人一旦……你的爱人和孩子就可以得到五百万元。"

"一旦意外死亡。"段恋似乎很轻松地说。

"对不起。"小刘不好意思地说,"这笔钱对于有钱人说也并不算太少。"

"这么多?"徐扬有些惊讶,他似乎立马想到了另一件事,"如果是这样,你的三分钟就有意义了。"

"千真万确。"她从包里拿出一沓文件,分别递给两人。

"那我上一个,给我老公。"段恋喝了一口酒说。

"你老公?"徐扬有些意外,"他身体不好吗?"

"嗯……算是吧,就那样。"段恋淡淡地说,似乎不愿提及这件事。

"那好,我也上一个,给程小青,我爱人。"

"看来我的眼光不错。"小刘要了两人的手机号码,站起身来准备离开,却又转过身来拿眼觑着徐扬。

"不过这位先生,你好像忘了一件事。"

"什么事?"徐扬乐了。

"你忘了请我喝杯酒。"

离开酒吧后,徐扬有些意犹未尽,上车后,他问段恋:"去哪儿?"

"随便。"段恋坐在副驾驶座上,看着车窗外,有些心猿意马。

她知道车子会在一家酒店门口停下。认识徐扬以来,她已经记不清和他一起进过多少家酒店了。最近几次,往往是这样:她闭着眼睛靠在座位上,任徐扬把车开到他想去的地方。起初几次,她还有几分期待,几分新鲜,渐渐地就习惯了,疲了。下了车,她只需等着徐扬去总台登记,交费,拿钥匙,然后开门,关门,上床,冲凉,再上床,或者冲凉,上床,再冲凉。

说实话,徐扬并非一个低俗的男人。几年来,她已把他调教成了一个高手。他体贴、细心,还有几分品位,知道如何调动起她的欲望。他甚至比她更熟悉自己的身体。

从酒店分手后的第二天晚上,徐扬正在医院参加一个晚会的彩排,段恋的电话打了过来,这让徐扬略微有几分惊讶——平常他们一般每星期联系一次。

"他出事了!"段恋在那边大声地说。

"你一个小时后再打过来吧,我这边听不太清。"他也大声地喊。

"他出事了,冠心病发作!"段恋叫了起来,手机里传来她的哽咽声。

"怎么样了?现在在哪儿?"徐扬从礼堂走出来,终于听清了。他当然知道段恋所说的那个他是谁。

"我也不知道,已经昏死过去了!"

"别怕,我马上通知急诊科安排救护车,医院见!"

经过两个小时的紧急处理,段恋的老公龚星北基本脱离了生命危险,但由于病情进展过于迅猛,必须马上转移到心胸外科实施手术。徐扬做梦也没有想到,他和龚星北的第一次见面是在自己的科室里,而且他还是龚星北的主治医生,这让他和段恋多少感觉到有些讽刺。他目光炯炯地盯着这个似乎饱经沧桑的躺在自己面前的中年男人,面前浮现出一副令人作呕的画面——龚星北猥琐地笑着,赤裸着臃肿而丑陋的身体,将段恋裹在身下……徐扬猛地把头转向门口的垃圾桶,一股秽物从口中喷涌而出。

"如果不是自己亲身经历,真的难以想象——自己的老公成了自己情人的病人。"在胸心外科病区的楼道里,段恋对徐扬说。

"……"徐扬愣愣地盯着走廊窗户上的一滴水珠,苦笑了一下。

"我还爱着他,我不想看着他死。"

徐扬听见段恋这么说，心中生出了熊熊的妒火。他爱她，至少现在如此。

"以前怎么没听你提过他有冠心病？他心脏上的三根主要血管，已经有两根严重阻塞。"

"他心绞痛有几十年了，先天的，但从没这么厉害过。以前做过几次手术，平时吃点药就过去了，没想到这次到了这种程度。"她尽量让自己的声音保持镇定，但内心的忐忑却表现得那么明显。

"检查结果已经出来了，心脏冠脉左主干重度狭窄，伴有心功能不全。必须马上手术，否则——否则有生命危险。"

"生命危险？风险大不大？"她胸口猛地收紧了。

"你来我办公室，我跟你把情况好好讲一讲，你顺便把字签了。"

医生办公室里，徐扬把韩波和其他几个医生支开了，只留下自己和段恋两个人，面对面坐着——以医生与病人家属的关系。

"我给你分析一下你老公的病情吧，其实也没有你想象得那么严重。你也是高级知识分子，想必冠心病你也经常听到，冠心病其实是个简称，全名叫冠状动脉粥样硬化性心脏病。在国内，内科大夫偏重药物治疗、介入治疗，而外科大夫却对搭桥手术情有独钟。在我看来，这三种治疗冠心病的方式各有千秋。药物治疗虽不能改变血管狭窄状况，但却是治疗冠心病的基础。介入治疗虽然创伤小，可使狭窄的血管回复通畅，但血管再狭窄的风险依然存在，这一直是介入治疗的软肋，在狭窄的冠状动脉处放置普通支架，半年的再狭窄率为30%左右，即使使用药物涂层支架，再狭窄率一般也会高于5%；另外，并不是所有冠心病患者都适合做支架治疗，比如患者一根血管有两处以上狭窄，或者血管完全闭塞，这两种情况下，手术难度和风险就大大增加了，患者往往会有生命危险。搭桥手术则要麻烦得多，不仅要全麻，手术时间也长，年龄较大、既往合并有脑动脉硬化、发生过脑梗死病史的患者，容易出现脑神经并发症，轻者会出现一过性记忆力减退，但绝大多数患者在一周至七个月之内可以恢复正常，而严重者可能会遗留永久性脑损伤，包括昏迷、偏瘫、失语、严重记忆力减退、性格改变等。不过，搭桥手术的疗效是立竿见影的，患者在术后几天，便能上下楼梯，一个月后即可正常上下班——这一点，我想对于你老公来说尤为重要的，商人向来把时间看得很重。再者，搭桥手术的后期效果也是前两者不能比的，不用过多担心再狭窄的问题，而且就目前来说，搭桥手术最为普及。"

段恋不停地点着头，也许她根本没听进去，她想的是另外的问题。

"搭桥手术是在心脏表面开刀，而不是解剖心脏，对心脏的损伤极小，风险也不高。在国外，搭桥手术都是由年轻大夫主刀，资历深的老医生只做先心病、心脏瓣膜置换等难度大风险高的手术……"

徐扬滔滔不绝地说着，段恋却笑了："你一穿上白大褂，简直像个书呆子。"

"作为一名医生，我有必要让病人家属尽可能地熟知手术的情况。"徐扬很认真地说。

"你说得这么专业，鬼才听得懂，你直接告诉我，风险到底有多大就好了。"

"这么说吧，手术是大手术，风险却不高，2%左右吧。"

"那就行了，我相信你。"段恋坚定地看了一眼徐扬，拿过桌子上的手术同意书，签了字。

## 十三

经过两个小时的紧急准备，院方决定为龚星北实施搭桥手术。

手术室门关闭的一刹那，段恋看见，穿着手术衣、戴着口罩的徐扬，在手术室里向她点了点头。

晚上十一点整，手术正式开始。麻醉师很快便对龚星北实施了全身麻醉，他的胸腔被划开了三道二十厘米长的口子，鲜活的心脏被十几根导管连接在了体外血液循环机上。

时间一分一秒地流逝着，段恋本想在手术室外静候，却被一个小护士推到了候诊室。段恋的心里有一种说不出的感觉。她呆坐在候诊室的长凳上,脑子里一片空白。对面的大屏幕上,播放着医院的宣传片,讲述着这家医院和某某医生的丰功伟绩。

她在想象着手术室里的情景:明亮的无影灯下,龚星北的胸被手术刀割得血肉模糊,拳头大的心脏怦怦地跳动着。她下意识地抱住了自己的胸膛,浑身的肌肉都收紧了。段恋长长地舒了一口气,竟看见了大屏幕上的徐扬。一个头发半白的男人正紧紧地握住他的手,屏幕底部打出了一行小字:我院心胸外科医生徐扬为省领导成功实施心脏搭桥手术,随着此次手术的顺利完成,徐扬医生已经完成了整整一千例心脏搭桥手术。要不是看到这个宣传片,段恋还真想不到,年纪轻轻的徐扬倒还真有两把刷子。大屏幕上,镜头切换到了下一个场景,刚做完手术的徐扬从手术室里走了出来,然后一群记者蜂拥而上。在这短短的几秒钟里,段恋注意到一个也许连徐扬自己都没注意到的细节——他在走出手术室的时候,左手打了一个响指。

她就这样枯坐在候诊室里,面部表情安稳得像是在欣赏一场电影。医院的大厅里人来人往,平静的人流里涌动着死亡的阴影。

手术室里,一切都在按部就班地进行着,徐扬已经为龚星北顺利接好了两根血管。原本明亮的无影灯今天却有几分刺眼,晃得徐扬有几分眼晕。他模模糊糊地看见,龚星北在对着自己不怀好意地笑。透过他浮肿的眼睛,徐扬看见的是段恋赤裸地躺在龚星北身下,一股难以抑制的呕吐感在不断地膨胀。他狠狠地咽了一口唾沫,手术刀抖了一下,喷涌而出的鲜血溅落在他雪白的白大褂上,宛如一朵朵鲜血梅花……

半个小时后,段恋看见,手术室的门忽地打开了,然后,一批又一批的医生拥进去,护士们进进出出,表情紧张肃穆。段恋心里"咯噔"一声,迅速向手术室冲去。一个小护士将她再次挡在了手术室门外。她呼喊着,咆哮着,双手不停地敲打手术室的门。手术室里乱成了一团。

龚星北死了,死于心脏血管破裂。在手术室门外,徐扬当着十几个医生、护士的面,跪倒在段恋面前。段恋一句话不说,眼泪扑簌簌地往下流……

## 十四

龚星北死去已经半个月了,这半个月里,段恋一直躺在床上,除了保姆,她没有见过任何人。今天,天气很好,她关上卧室的门,脱掉了所有衣服。阳光透过落地窗洒落在她的每一寸肌肤上——她终于从悲痛中挣扎出来了。她从包里掏出手机,刚一开机,积攒了半个月的短信就过来了。除了一条是10086的服务信息外,其余三十二条,全部来自徐扬。她逐一翻看着这些短信,然后不停地按着删除键。三十二条短信,三十二次重复的"对不起"。又能怎么样呢?段恋想。她苦笑了一下,拨通了徐扬的电话。

"对不起……"在离段恋家不远的一处广场上,徐扬对段恋说。

与段恋苍白的面色相比,徐扬就像一个被霜打了的茄子,仿佛一夜之间老去了,脸上还残留着烟熏酒泡的痕迹。他被暂停工作已一个月了,如果乐观,这几天也许会重新恢复工作。上次事件之后,院里对他手术当天使用的器材以及药品进行了彻底的审查,结果一切正常。院里最后对这次手术失败的结论,定性为正常手术风险。当然,主刀医生手术水平的发挥,是不可轻视的一个重要因素,但是,由此归咎或处分该医生,显然有失公允。最后,院里决定暂停徐扬工作一个月,扣发年终奖金。

"说这些还有用吗?!"她坐在长椅上,表情异常冷漠。

"不知道为什么我当时那么紧张。"

"我也紧张,你的病人是我的老公。"

不远处,几对夫妻带着孩子,散漫地迈着步子。段恋看着他们,眼神里有几分迷离。

"还有,当时时间太紧张了,我们——"

"别说了。"

起风了,她缩了一下衣袖,似乎有点儿冷。

"段恋,"徐扬突然握住她的手,"嫁给我吧……"

"你在开玩笑吗?你的手术刀没能挽回我老公,就好比直接拿刀扎在他身上!"

徐扬吃惊地看着段恋。

"你知道那天他为什么会心脏病发作吗?"她愣愣地看着一辆救护车从不远处的马路上呼啸而过,"我要和他离婚,他跪在我面前说他爱我。他从一开始就知道我和你的关系……"

…………

吃早餐的时候,段恋习惯性地打开电视机,调到海州电台生活频道。她知道,在这个时间段,会有一档卫生保健节目,很实用,她以前常看。可今天,她一打开电视机,看到的却是一个手术现场——她一眼就认出了那个正在无影灯下进行血管对接的医生,没错,是徐扬。面对一根根交错的血管,他是那样从容,说游刃有余一点儿不为过,这让段恋想到一个成语——庖丁解牛。电视机里一个甜美的同期声在做着解说:"观众朋友们,您现在看到的是我们为您转播的我市第一人民医院的心脏搭桥手术现场,这是我市乃至我省第一次向社会公开播放该手术的实施过程。此次手术的主刀医生,是该院心胸外科医生徐扬。据悉,徐医生在心脏搭桥手术方面,有着独到的临床见解和经验,曾出版过多本专著,在全国医学界有广泛影响。据该院心胸外科主任韩波称,此次手术是徐医生第一千例心脏搭桥手术,此前的九百九十九例手术,徐医生创下了零失误、零事故的……段恋死死地看着电视机里的徐扬,手中的碗筷悄然滑落。

段恋是在徐扬突然消失后找到韩波的。在这之前,徐扬给段恋发来一堆短信,他说他没脸见段恋,想一个人静一静。

那天,阳光分外灿烂,街上三三两两的行人,尖叫着躲避招摇而过的洒水车。

段恋坐在酒吧里,暖融融的阳光,透过靠街的橱窗,洒在她毫无血色的脸上。

"先别谈正事,给我唱首歌吧,在西藏那次,你可让大家大开眼界啊,哈哈。"韩波一见段恋,就开起了玩笑,丝毫没在意段恋的表情。

"我知道你知道徐扬去哪里了。"段恋盯着韩波的眼睛,不理会他的玩笑。

"我怎么知道他去哪儿啦?从你们认识以后,你代替了我的位置,除了在医院,我连他的鬼影都见不到。"他扶了一下眼镜,脸上依旧弥漫着玩世不恭的表情,"院领导限我十天之内把他找回来,否则我的饭碗就算丢了,我比你还急呢!"

段恋不说话了,像是在想心事。

"对了,"韩波说,"我估摸着徐扬这次消失肯定与他和程小青离婚的事有关。"

"程小青？"

"你不知道啊？"韩波有些惊讶,"徐扬刚进医院第二年,他爸就得了胃癌,急需用钱,他一个刚毕业的大学生哪里拿得出钱啊,他爸自己又是一辈子农民,积蓄也不多。刚好那时候程小青在追徐扬,说徐扬要是愿意和她在一起,就答应给徐扬他爸看病。程小青的前任丈夫是个日本商人,回国时一拍屁股把程小青甩了,倒是留下不少钱。"

"然后呢？"

"徐扬压根就不爱程小青,而且……"

"而且什么？"

"呃……"

"说呀。"

"程小青患有先天性右肺发育不良。也就是说,如果不是你,徐扬可能到现在还是处男。"

段恋的脑袋飞速地旋转,她立刻想起第一次与徐扬在车上的情景,这印证了韩波的话。

"哦……这样啊。对了,程小青答应离婚吗？"她装作毫不在意,目光看着街上一对对亲热的情侣。

"怎么说呢？他没和你好上的时候,我常去他家。程小青嘛,倒还算贤妻良母,就是有点儿忒多心了。前段时间热播的那部电视剧叫什么？《中国式离婚》,女一号林小枫活脱脱就是和程小青一个模子刻出来的。不过她倒是没林小枫那么霸道,她不反对跟徐扬离婚。"

"那徐扬呢?"

"徐扬?"韩波犹豫了一下,"徐扬虽说一直闹离婚,但其实他心里也没底,毕竟不是谁都能有个当卫生局局长的岳父。我岳父要是卫生局局长,程小青就算是头猪我也认了。女人就那么回事,灯一黑一亮,完事!"

"那后来呢?后来徐扬怎么就想离了?"她终于掩饰不住内心,言语里有些迫不及待了。

"后来——后来就该问你了吧?傍个富姐可比找个局长岳父来得实在。"

…………

徐扬是在消失后的第七天出现在段恋家里的。那天一大早,段恋还没有起床,他就用段恋留给他的钥匙,打开了卧室的门,跪在了她的床前。

"段恋,你原谅我吧,我一直都在爱着你,我会娶你的!没有龚星北,你一样幸福!"

段恋翻过身来,冷冷地看着徐扬。

"你不相信?"

"一个做了一千次搭桥手术从不曾失手的医生,刚好在他一千零一次手术的时候,用他的手术刀割破了他情人老公的血管。哼,你让我怎么相信你?"她坐起身来,近乎咆哮地说。

"你这话什么意思？"

"什么意思？！你问问你自己是什么意思，问问程小青是什么意思？！"

"你疯了！"徐扬猛地抓住段恋的肩膀，摇晃着。

"我疯了，我是疯了，可你却清醒得很。你算好了，如果龚星北死了，不仅我会嫁给你，这别墅，这花园，连带那辆车子和保姆，都是你的了！"

"你说完了吗？"徐扬大口地喘着气，胸脯起伏着。

"没有。"段恋忽然笑了起来，"你怕了吗？我还知道一些连你自己都不知道的东西，你想听吗？"

"好，你说！"徐扬退到墙根，站着。

"你杀龚星北并不是你的本意，在他进手术室之前，你都没有这种想法，或者说，你的道德底线还没有无耻到这种程度，但是，当龚星北躺在你的手术刀下的时候，你生出了这个想法。你是个聪明人，你稍一盘算，就知道这其中的利害。"她完全激动起来了，语速有些快，"一边是停职处分，甩掉程小青这个包袱，得到几千万的资产；一边是医好龚星北，除了继续拥有我这个情人和一个宽宏大度的美名之外，什么也得不到，还要受程小青的折磨！哼，医生是个可以杀人不偿命的职业，你很好地发挥了这个优势，我说得对不对——徐医生？！"

徐扬呼地冲了过去，冲到段恋面前，猛地一巴掌狠狠地打在段恋的脸上,然后摔门而去:"你这个疯子!"

段恋最近开始频繁地回忆起往事,她看见,龚星北等在师大的校门口,把一沓厚厚的情书塞进自己的背包,然后开着他的大奔扬长而去,像一个十七八岁的毛头小子……她晚间也经常做梦,梦见龚星北,没有具体的情节,如果有的话,醒来时也记不清楚;有时候干脆连昨晚究竟做没做梦、是否梦见龚星北都搞不明白。倒不是她记性不好,而实在是因为这样的梦太多了,不分白天黑夜地充斥着她的脑海,以至于她分不清梦和现实是怎么回事。有时早晨一醒,她就坐在床上,发一两个钟头的呆,在这种时候,龚星北就会突然出现在眼前。"星北——星北!"她声嘶力竭地喊,吓得小保姆不敢进她的房间。一个人独处的时候,她的眼前还会突然出现一个血淋淋跳动的心脏。闭上眼睛,她看到徐扬一会儿对她笑,很透澈明朗的那种,一会儿又面目狰狞。

这种精神上的折磨,完全打乱了她的生理周期。最近一次,她的月经竟然延迟了整整一个月。徐扬还会经常地来找她,安抚她,劝慰她。尤其是,每当他从手术台上下来,他身体上的性的需求似乎就格外强烈。他仿佛是凭此来减轻某种压力,又或者是,死亡同性爱本来就存在某种天然的沟通或神秘的联系。

她给他打了一个电话,让他过来。她感到寂寞,想见他。

段恋像上次过生日一样,关掉了客厅里所有的灯,点燃了蜡烛。依然是很俗套的烛光晚宴,也依然很实用,不过空气却冷冷的,让他感到陌生。音乐从各个角落里响起来,涌上席间,不过却不是肖邦小夜曲,而是柴可夫斯基的音乐,显得很是怪异。

段恋穿上了那件紫色套裙,紫色的蝴蝶又复活了,和着音乐的节拍,渐渐地在徐扬周围翩跹起来。

她依然是那样开心,她跳啊跳啊,清脆的笑声洒落一地。她醉了,他也醉了……徐扬看见,一千只、一万只紫色的蝴蝶在眼前飞舞。紫色的裙摆在紫色的世界里旋转,旋转,淹没了段恋,而段恋淹没了一切。徐扬被段恋的裙摆裹了进去,两个人以彼此为支点,不停地旋转。忽然,一个响亮的响指在段恋耳边响了起来。是的,三天前,段恋在医院监控室调出了龚星北手术当天的资料,她看到,徐扬从手术室出来的时候,满脸萧索,左手却打了一个欢快的响指。音乐像水一样在彼此间流淌,两片嘴唇粘在了一起,热烈而迫切,舞步依旧旋转不停……忽然,他从她怀里轰然倒下,他看见,她的手里拿着那支他熟悉的注射器,里面是满满十毫升强效麻醉药——贝纳卡因。他抬了抬身子,再次无力地倒下。一把医用手术刀,缓缓地从她的裙摆下露出来,然后一刀一刀地插进了自己的心脏。他看见,在另一个地方,成千上万只紫蝴蝶正缓缓向自己飞来,背后响起段恋一串串的响指声,啪,啪,啪……

# 沂州笔记五题

## 妙三爷

妙小楼，字笔樵，光绪元年生。因其排行第三，人称妙三爷。妙三爷有一双好眼。妙三爷的眼睛，你不管怎么看他，都觉得他在直视你，眉眼间有一瞥模糊的光，看得你心坎发虚。老辈人讲，这样的人，不简单！

妙三爷祖上多在科举之路上滚打，祖父妙廷遇曾官居郧阳知府，后被劾与"砚台案"有染。被罢官抄家，携家眷流落沂州民间，在城西岑石镇附了籍。

妙三爷年轻那会儿，妙府的家底子也折腾得差不多了，一家老小的穿着打扮已很是寒碜。再想倒驴不倒架，就有点儿打肿脸充胖子的意思了。妙老爷子一狠心，把府上的使唤丫头、老妈子全吃喝走了，又当了几张在任时收藏的字画，在镇上赁了几十亩地，老老实实打起了庄户。妙三爷的两位兄长虽然不是读书的料，但干起农活儿却都是把好手，耕、耙、犁、种,样样拿得起放得下。难就难在妙三爷:削肩瘦腰,五官清秀,肩挑不得,背扛不得,活脱脱一副女人坯子。泥腿子的活儿他是干不了了,行商坐贾的营生他又不上心。没办法,妙老爷子只好拉下一张老脸,求爷爷告奶奶,动用当年的老关系,让妙三爷在衙门里干些抄抄写写的活计。这倒合了他的心意。妙三爷虽无心农、商,平生却最爱读书。他不读"四书",也不读"五经",专爱读一些怪力乱神的东西。借古人一句话:"从来厌听人间语,愿听秋坟鬼唱时。"妙三爷读《子不语》,也读《夜雨秋灯录》,最爱看的还是《酉阳杂俎》。看这些玩意儿,自然捞不到功名。可妙三爷不管,妙三爷好的就是这口!

妙三爷很是有一些才气的,不仅能写得一手好字,早年还刻过一本叫《笔樵呓语》的集子。妙三爷发蒙时,习的是颜体,后来又师法欧阳询和赵孟頫。欧体赵面,很有几分功力。妙三爷有一绝:仿纪晓岚!他第一次见到纪晓岚真迹是在京城的琉璃厂。那是一幅中堂。妙三爷一见倾心,就买回来一堆纪晓岚的帖子,狠下了几年工夫。有一回,他给一家铺子写了块匾,有个古玩商从店前经过,惊问店老板:"您祖上和国朝纪学士有何关系?这样一家小店竟能有他题的匾!"店老板大笑:"哈哈哈,我不认识什么纪晓岚,我只知道城西有个妙三爷!"

认识妙三爷的人,都觉得他不进科场可惜了,于是就有不少朋友替他操心。张三说:"哎,我说三爷,好田里出好苗子,您这田里就不种几茬八股文试试?"妙三爷笑一笑,不说话。李四又说:"我说三爷,您看见别人考举人,考进士,您就不眼热?""功名好啊,封妻荫子的,那才叫正道,我这都是小玩意儿,哈哈哈哈哈……"妙三爷点点头。回头,妙三爷照样看《齐东野语》,看《幽冥录》。妙三爷就是妙三爷,谁也改不了!

  读书之人,大多有自己的癖好。妙三爷也有自己的讲究:书非买不读,而且只买珍本、善本。比如《汝南杂记》,只认乾隆癸未本;《谷熙诗话》,非毛注不读。这样一来,妙三爷书买得少,却往书肆跑得勤,有时一天能把沂州府所有的书肆逛完。妙三爷买书,眼贼,舍得花大价钱。他看上的书,就是把自己卖喽也得买回来。是以直到而立之年,妙三爷仍是孑然一身。有一年,城南的醉雅斋得了一部唐刻本《搜神记》,据说上面有杨慎的批注。这可把妙三爷乐坏了,放下手头的活儿,骑着自家的小毛驴就奔城南来了。到了醉雅斋,妙三爷把书接过来一看,哎哟,真是个好东西!妙三爷当时心里就乐开了花,一问价,心凉了半截儿——一百两银子,一分都不能少!妙三爷咬得牙根儿直响,这是要我命啊!他回转到家,背着妙老爷子,把家里值钱的东西该典的典了,该当的当了。凑了八九十两银子!他又找几个时常往来的朋友筹措了一些,踏踏实实把宝贝捧回了家。事后,妙老爷子气得够呛,找来了族里的几个长辈,麻溜地和妙三爷分了家!

妙三爷新立了门户,日子就过得更加凄惶了,断顿是常有的事,没少给一干朋友添麻烦。每逢揭不开锅的时候,妙三爷就带着一张嘴上了街,逮着一个旧友道:"哎,我说张三,听说嫂子手艺不错,怎么样,今天不露一手?"张三说:"好好好,日头一落山,您就过来,你嫂子正愁没地方显摆呢!"就这样,一年下来,妙三爷也算吃过百家饭了。好在妙三爷的朋友里,很有一些热心肠。

沂州府几十家书肆的老板,大都摸得清妙三爷的脾气,有了好书,就想着法儿地卖给妙三爷,十回有九回喊高了价。可妙三爷这人认死理儿,从来不砍价。有一回妙三爷买书,碰上一位后生,为了一本《芥子园画谱》,跟老板软磨硬泡。妙三爷就有些不自在了,心说,买书的人,怎么就能为了几文钱磨破了嘴皮子呢?白糟践了读书人的名声!妙三爷这么想着的时候,肯定没想到,十年后,他也会为了书而在钱上下功夫。不过,那时,妙三爷买回来的就不只是书了。

民国二年的时候,醉雅斋的老板佟伦跟着一个日本浪人学会了抽大烟,没几年,就欠了一屁股债。等到佟伦反应过来,知道自己着了日本人的道的时候,醉雅斋百年的基业早已到了浪人的手上。妙三爷知道这事后,就急了。佟老板还有一套纪晓岚手书的孤本《东坡志林》呢,当年舍不得出手,现在万不能落到东瀛人手里。可妙三爷手里没钱,干着急!

那天一大早，浪人刚刚把醉雅斋的匾摘了，打算换上了扶桑居的新招牌，原沂州府学训导汤燮就进了店里。汤燮在店里转了半个钟头，东看看西瞅瞅，不像个买书的样儿。最后，汤燮拿过那本《东坡志林》，说："真巧，我家也有一本纪晓岚手书的《东坡志林》。"浪人笑了笑，略有些不快道："怎么可能，我这本是孤本，早有了定论的。前年，京城的声遥堂曾出一千两银子想把此书买走，佟老板没舍得出手，城西妙笔樵先生也可以作证，先生对此书赞许有加，断错不了！"汤燮摇了摇头，不无挖苦地说："我和笔樵是多年的老交情，既然你说他喜欢，我就成全了他。这么着吧，我吃点亏，也不跟你砍价，一百两银子，你把它转给我——"没等汤燮话说完，浪人气愤地从汤燮手上拿过书来，将其重新放回书架上，"既然您没诚意，也别怪我失礼了，送客！"

第二日晌午，书生王纯刚一进扶桑居，就冲着浪人笑了。"你们日本人做买卖就是差点儿火候，不懂得如何进货，别家店里都有的货最好别进，免得折本。就说这本《东坡志林》吧，沂州城大小书肆，哪怕是书摊都少不了，"说到这里，王纯顺手把书拿到了手上，看了看，不住地摇头，"你可能会觉得我是妄言，这说明您不了解中国文化。纪学士生前对子瞻先生很是敬仰，由喜读其所著《东坡志林》，晚年曾立志要将此书手书一万份，以表拳拳之心，可惜纪学士未偿心愿身先死，长使后侪泪满襟。纪学士有位忘年交，书法得其真传，仿其笔法，几可乱真，故而亲身代笔，书满了一万份《东坡志林》，以慰纪学士知遇之恩。这掌故，《沂州府志》里有记载。而这位纪学士的忘年交，便是前任沂州知府吴宗良的先祖。大清国走背字儿，吴知府败了势，那一万份《东坡志林》便流入了民间以及各处书肆。"听到这里，浪人的眼里流露出了犹疑。王纯继续道："不过您也别担心，以王某粗浅的学识来看，您手上这本假不了，是纪学士的真迹，只不过物不稀自然也就不贵了。"王纯说完，笑一笑，离开了扶桑居。

王纯走后，浪人到附近几家书肆里窥探了一番，才知道王纯所言非虚，心下凉了半截。

隔一天，妙三爷也来到了扶桑居，和浪人客套了几句，很是惭愧地说："贵店还在佟老板手上的时候，我曾言那本纪学士手书的《东坡志林》乃是孤本，谁道近来翻阅府志，才晓得这其间还另有一番说道。"妙三爷把一本《沂州府志》递给浪人。浪人久居中国，通晓中国文字，接过书看了起来。妙三爷继续说："虽然今日的扶桑居已不是当日的醉雅斋了，但我看在佟老板面子上，还是应该以实情相告。"浪人合上书本，脸阴得不行，叹了一口气说："我一直很仰慕妙三爷为人，今天蒙三爷专程前来赐教，不胜感激。闻听三爷曾对此书颇为挂念，虽然它已失去原本价值，但据我所知，此书确系贵国纪学士手书，断不会错，所以，我今天将其送给三爷，权当订交。愿纪学士能见证我与先生日后的友情。"说完，他把书递给了妙三爷……

妙三爷一回到家，就招来了汤燮、王纯等一干人，开起了庆功宴。原来，这所谓的一万本纪晓岚手抄《东坡志林》以及那本《沂州府志》，都是妙三爷等人唱的双簧！

## 乞丐

沂州城西有一酒楼，楼高六层，雕梁画栋，很是宏伟。传始自清初，康乾之际，名震齐鲁。酒楼名字取得怪，不叫得月楼，也不叫君来客栈，偏偏叫作迷龙湾。人云其名出自御手，年代久远，现不可考。唯《沂州逸闻》所载数字可查：康熙二十一年，圣驾游幸江南，微服过沂州城西，其地多湾田，失道，龙颜不悦。恰逢一酒肆，帝就其匾而题"迷龙湾"三字，后遂为其名，声名日隆。

清末民初，狼烟四起，沂州城屡遭兵燹。迷龙湾酒楼几易其手，转而到了恶霸"十三两"的手上。十三两，本名作苏一刀，原是绿林出身。官府剿匪不力，卖个人情，招了安，黄鼠狼和鸡做了亲家。不料这苏一刀匪性不改，凭着自己一脸横肉，到处收取保护费。此厮是个一根筋，每到一家店铺，十三两便是定数，少一文便要耍泼，如此就得了这诨名。十三两是个黑白道皆吃得开的人物，手底下有十几处烟馆、妓院，恨得百姓牙痒痒。

这一天,酒楼门前来了一个乞丐,腰细得像麻秆似的,穿着邋遢,通体污秽。麻秆腰还没进门,店小二就拦住了他:"酒楼换了主子了,今个儿不舍粥,你换别家吧。"麻秆腰愣了一下,有些生气,说:"你怎么知道我就是讨饭的呢?!"说完,他从口袋里掏出一把碎银子。小二看了看麻秆腰,又看了看店里的客官,有些为难。来迷龙湾酒楼吃饭、住店的,多半是巨商富贾、达官贵人,要是让一个乞丐进了店,自己的饭碗也就算砸了。小二想到这儿,往外推了一把麻秆腰:"店里的规矩,乞丐,双份钱!"小二想让麻秆腰知难而退。孰料,麻秆腰竟二话没说,又从怀里掏出一只钱袋,拍在了小二手上,足有五六十两!没等小二反应过来,麻秆腰已经进了酒楼,坐在了一张临窗的位子上。这个位子是个雅座,价格分外高。乞丐叫了满满一桌子菜,迷龙湾酒楼十几道招牌菜他都要了。这儿的大厨秋谷熙曾是衍圣公跟前的掌勺厨子,一手孔府菜烧得很是地道。作为四大菜系之首的鲁菜,打头的就是孔府菜。孔府菜是官场菜,一般人家吃不起,也吃不着。来迷龙湾酒楼的客官,多半是奔着孔府菜来的。麻秆腰点的,都是孔府菜的上品,一桌下来,少不了百把两银子。半个时辰后,在众人惊诧的眼神里,麻秆腰痛快地结了账,双份!小二看着麻秆腰离去的背影,傻了……

第二天,酒楼一开门,小二就被吓了一跳:两百多个叫花子躺在酒楼前,把过道堵得死死的,为首的就是麻秆腰。

小二刚想吵吵，麻秆腰就把一锭金元宝扔到了他怀里："看两百个座，一个都不能少……"话还没说完，一群叫花子呼啦拥进了酒楼。这下可有好戏看了，看热闹的百姓一层一层地围上来。一般人哪见过这阵仗，不知道的还以为十三两良心发现，接济叫花子了呢！

店小二胆儿都被吓没了，脸跟猪肝儿似的。十三两闻声赶忙从顶楼赶下来，踩得楼梯咯吱咯吱直响。十三两打眼一看是一群叫花子，又听两腿打战的店小二一说由头，牙缝里就挤出一丝儿冷风。臭要饭的，捡了几个钱，就欺负到老子头上了！他刚想招呼一干打手，来伺候伺候这群臭要饭的，身子就"扑通"一声跪下了——他瞥见了麻秆腰烂衫里罩着的黄袍子！今儿个算碰上硬茬了，这指不定是哪位王爷、贝勒扮个叫花子出来寻开心呢，活该十三两倒霉！十三两服了软，麻秆腰竟也没再多追究，只是在十三两头上拍了拍，揪下了一绺头发来。

打那以后，麻秆腰天天来迷龙湾酒楼坐一坐，只不过那身破衣烂衫换成了一件貂皮袍子。不几天，这件事就传讹了，说什么的都有。有的说迷龙湾酒楼来了个郡王，有的说是王爷，也有的干脆说是光绪爷本人。一时间，沂州府有钱的主儿，云集于此，欲一睹龙颜为快。迷龙湾酒楼竟因祸得福了！此后月余，麻秆腰频频光顾迷龙湾酒楼，挥金如土。十三两也每日必恭候这位财神爷，亲自上菜，鞍前马后，很是周到。

　　这一日，麻秆腰没有像以前那样用完饭后匆匆离去，而是左右顾盼，神色慌张。十三两赶忙过来，问："爷，有何差池，请吩咐。"麻秆腰一声长叹，说："户部尚书钱大人曾在我寿诞时送了我一把折扇，平日常携于身，从不离手，今日多吃了几杯酒，竟找它不见了。怎奈我今日公务在身，不便久寻。说来也不是什么值钱的劳什子，只是此扇扇面上有一句钱大人所题诗句：秋侵人影瘦，霜染菊花肥。此句颇合吾意，如若找它不到，实在可惜……"十三两一听，吓得差点儿尿了裤子。"爷，您别着急，小的给您喊一帮奴才找去，这就找去！""来不及了，"麻秆腰说，"要事在身，必须速速离去，耽搁不得，况此去数月难回。这样吧，我写个告示贴在店前，凡是捡到折扇者，我愿花十万两银子来赎。"说完，他挥笔唰唰唰写了一张告示，十三两赶忙将其贴在了店前的千年银杏树上。麻秆腰又吩咐了十三两几句就要走，十三两跟在屁股后面不住地点头。麻秆腰边走边说："钱大人手上也有一把折扇，与此扇本为孪扇，无丝毫出入，我尽快让下人到钱大人府上将折扇取来予你，待到有人将折扇送回时，你可做个比较，莫被宵小占了便宜。"麻秆腰走后，十三两立刻来到了告示前，提笔把十万两改成了三万两，脸上露出了诡秘的笑……

　　告示贴出后，满城震动。不出两个时辰，接连有人携折扇前来。十三两一一查看，皆无麻秆腰所说的钱大人所题诗句。三日后，有人将钱大人折扇送到。十三两接过一看，果然精致，与麻秆腰所言无异，确有所题"秋侵人影瘦，霜染菊花肥"一联。接下来的二十余天，十三两查收过千余把折扇，没有一把是真。

一个月后。一个须发皆白的老者进了迷龙湾酒楼，神色肃穆地找到了十三两，道："我找到了那把折扇！"十三两立时站了起来，他感觉到，真折扇现身了。他把老者带到了楼上雅间。十三两取出钱大人的折扇，仔细比较了半个时辰，确认此扇确系麻秆腰所遗无疑。十三两不禁哈哈大笑，当即给老者开了张三万两的银票。老者走后，十三两一把扯掉了店前的告示，等着麻秆腰的到来，等着他的十万两赏银。只是……

只是那个麻秆腰从此再没有出现过，十三两上当了！

## 故里三赵

### 赵三爷

习武之人多半知晓，国术里有"南拳北腿"的说法。这所谓的"北腿"即指潭腿，亦称潭拳。潭拳始自北宋，相传为昆仑大师草创于临清龙潭寺。人云昆仑大师乃后周宗室柴贵，赵匡胤黄袍加身，惮其权重，故诏令其北上扫胡，以耗其兵。昆仑大师目睹王朝更迭，生灵涂炭，心灰意冷之下，怆然出家于临清龙潭寺，精研武学，终开潭拳一代雄风。潭拳一经创立，威震鲁西，继而沿大运河远播他处。拳谚曰："练拳不练腿，如同冒失鬼。"源于此，期年之后，潭拳成了习武之人的必修之术，隐然有了一种领袖武林的气质。其时，天下初定，金、辽西夏诸国，时有侵扰，为御外侮，赵匡胤昭告天下，亲自遴选武学精粹。潭拳传人，领命奔赴汴京，过关斩将，一举问鼎武林，与串拳、大小洪拳、华拳和少林拳并称为"六大名门"。自此，潭拳声名日隆，不久便在宋兵中普及开来。胡兵擅长近身肉搏，尤以"摔""拿"为其所长，而以腿部攻击为主的潭拳，恰恰是克制胡兵的绝佳功夫。两宋时期，兵燹连连，反使得潭拳得到了良好发展，至明季，已蔚为大观。据传，明开国大将常遇春即是潭拳名手。明正德年间，少林寺相济禅师，亲赴临清，与潭拳传人跃空大师以武会友。其后，相济禅师传人将潭拳拳架加以改动并添增两路，创立了少林潭拳。有歌诀为证：潭腿本是宋朝传，出在临清龙潭寺，临清潭拳共十路，十路潭拳路黄连。十一、十二少林添，头路出马一条鞭，二路十字鬼扯钻，三路劈砸车轮势，四路斜踢撑抹拦，五路狮子双戏水，六路勾劈扭单鞭，七路凤凰双展翅，八路转金凳朝天，九路擒龙夺玉带，十路喜鹊登梅尖，十一路风摆荷叶腿，十二路鸳鸯巧连环。

　　潭拳套路工整，气势连贯，充分利用腿长力大的特点，讲究"拳三腿七"，行话里所说的"拳是两扇门，全凭腿打人"，大概说的就是这个意思了。潭拳在攻防技击方面，很能代表北方武术的特点：腿法回环转折，进退顺畅，节奏鲜明，爆发力强，讲究手、眼、身法、步协调一致，融内、外功于一体。潭拳技击，多上下盘同步出击：下盘发招讲究腿三寸不过膝，招式小速度快，可无被克之虞；上盘进击以劈砸招术为多，力度大，拳势猛。歌云：潭腿四只手，人鬼见了都发愁。于此，可窥潭拳精妙之一斑了。

鲁南一带，民风彪悍，重武轻文，古已有之。清末民初，乡人多习潭拳，往往以绿林规矩行事。张三睡了李四的老婆，李四打了王五的兄弟，在乡人看来，是不必惊动官府的，但却要按规矩好好地走一遭。这所谓的规矩，往重里说，要么是仇家间白刀子进红刀子出；要么是异姓族人间的火并。总之，死人是常有的事。在岑石镇，哪一样生意都不好做，唯独红火了棺材铺子。这规矩里呢，当然也有文明些的，就是找赵三爷出面。赵三爷之所以备受乡人抬爱，只因他在鲁南习武之人中，辈分高，武艺也高。鲁南潭拳三代以后的传人，多半师承赵三爷。余生也晚，至于赵三爷功夫高到什么程度，无从知道，然而至今乡人间流传一些掌故，颇能看出赵三爷的道行。

说有一回，打安徽来了个回族人，练得一身硬功夫，打算上临清找潭拳嫡派传人一较高下。路经岑石镇，闻听乡人亦习潭拳，那人便欲与乡人切磋一二。乡人气盛，争相与那人比试，不意纷纷败北，顿使潭拳颜面扫地。乡人寄意赵三爷，然寻遍岑石镇未见其踪影。那人得意之下，愿施展平生绝技为乡人一开眼界。众人来到一面石墙前，只见那人站定，扎下马步，气运丹田，劈掌连连击碎数块青石，直看得乡人惊叹不已。那人又连发数掌，意欲将整面石墙作废，不意一块拳头大小的面石屡击不碎。他大为困惑，转到墙后查看，霎时惊得目瞪口呆——原来赵三爷正头倚那块面石，呼呼大睡！

那人回过神来，向赵三爷深施一礼："乡野匹夫，粗通拳脚，不知天外有天人外有人，今日幸蒙前辈点拨，平生再不敢小觑潭拳了！"话毕，那人收拾好行李回转安徽去了，再不敢提北上临清的事了。

## 赵二愣子

自古关中出愣娃，这话一点儿也不假。可自从乡人盛习潭拳以来，鲁南乡间也着实狠出了几茬愣娃。赵二愣子便是其中一位。

赵二愣子，原名叫作赵宝山，因其行事胆大孟浪，人送外号赵二愣子。赵二愣子打小就没了爹娘，十五岁上便随赵三爷走南闯北，结交了一帮江湖术士，一来二去学会了些偷坟掘墓的本事，回乡后干起了倒斗的营生。赵二愣子无依无靠，居无定所，几年间官府拿他不到，姑且听之任之了。说有一回，一群同行连夜偷盗一处明万历年间的总兵墓，刚要开挖，就听见坟里有人喊："别挖啦，再挖我家房就漏雨了！"盗墓者一听，被吓得撒腿就跑。不一会儿，打墓里走出一个人来，不是别人，正是赵二愣子。原来，赵二愣子早就瞅准了这总兵坟，三伏天里忙活了一夜，得了不少宝贝。但见这坟分外宽敞，桌凳齐全不说，竟还是个三室一厅的格局。另外这坟还有一个最大的好处，冬暖夏凉，敢情这达官贵人到了阴间也不忘享福啊！赵二愣子一寻思，嘿，不花钱白捡了三间大瓦房啊！

于此，赵二愣子的胆大可见一斑了，不过最能体现赵二愣子这个"愣"字的，却还另有其事。

本乡张员外有位胞妹，年方二十，长得甚是可人，是鲁南有名的美人儿。有一回这张小姐在绣楼上放风筝，刚好被赵二愣子撞见。自此赵二愣子茶饭不思，心全在这张小姐身上了。为了接近张小姐，赵二愣子头插稻草把自己卖给张府做了一名长工。混进张府后，赵二愣子越发心焦了，眼见这小姐天天打眼前儿过，自己却连正眼也不敢看一眼。真是近在咫尺却远在天涯啊！

世事难料，赵二愣子进张府之后的第二年夏天，张小姐竟得了绝症——死了！赵二愣子找了个背静的地儿哭了个稀里哗啦，比死了亲娘还难受！

赵二愣子真不白担了这个"愣"字！张小姐下葬后的当

天夜里,赵二愣子扒开新坟,把张小姐背到艾山山洞里,踏踏实实地与之做了三天夫妻!这以后,赵二愣子就在岑石镇消失了,谁也不知道他去了哪里。

一个月后,张府的人来给小姐迁坟,扒开一看,被吓了一跳——明明就一位张小姐,怎么就成了死死抱在一起的两具尸体了呢?!

### 赵小甫

鲁南谁最仗义?当然是侠盗赵小甫!

小甫不是别人,正是赵三爷的徒孙,鲁南潭拳的嫡派传人。小甫得了赵三爷的真传,腿上功夫甚是了得,飞檐走壁那是小菜一碟。有一回小甫在朋友家喝酒,朋友儿子闹着要吃板栗。小甫杯底儿一扬,说:"赵叔给你找去。"话毕,余音回响,人已不在。朋友想,岑石镇不产板栗,各处铺子里现下也没货,小甫这是去哪儿找呢?两个时辰后,小甫肩扛一筐板栗风尘仆仆地回来了,他跺了跺脚说:"费县好大的雪啊!"其时,岑石镇朗月当空,并无雨雪,朋友被惊得目瞪口呆——这费县离岑石镇足足有两百里地,一个来回可就是四百里啊!

在鲁南,谁都知道小甫干的是盗窃的营生,却都在心里给他立了块牌坊。张三家里死了爹娘,李四的儿子得了大病,第二天院子里定会有小甫隔墙扔进来的钱物。若是别人来谢他,他绝不承认,还把来人训一顿。逢上灾年,小甫必会在门前支一口大锅舍粥。不管灾民有多少,锅里的粥总是满的。小甫不缺钱,可身上永远罩着那件蓝色土布褂子!

小甫头上顶着秀才的功名,算是个雅盗,若不是朝廷废止了科举,保不齐他早就成了举人老爷。小甫专偷贪官污吏、富商巨贾家的古玩字画。有一回,赵小甫潜入沂州知州吴宗良家"转借"石涛的《风雪图》。说来真是艺高人胆大,小甫得手后并不急着离开,坐定后泡上一壶明前龙井,先是称赞吴夫人如何美丽,后又展开《风雪图》细细品味起来。茶过三道,还不忘给知州细细讲解一番,说这等宝贝落到你这个饭桶手里权当是糟蹋了!讲到动情处,他干脆摘下墙上的古琴弹了一曲《风雪夜归人》,而后才姗姗离去,直惹得失主羞怒不已。

三年困难时期,连年歉收。整个岑石镇除了几十头瘦得皮包骨头的牛以外,树皮草根、蛤蟆老鼠,但凡活物都没剩下。三伏天里,整座艾山不见一丝儿绿!要想活命怎么办?杀牛!可是在那年月,牛归合作社所有,杀头牛比杀个人罪过还大!

这时候,小甫已经七十多岁了,牙都掉没了。可大年初一这一天,小甫一咬牙,白刀子进红刀子出,一口气撂倒了十三四头牛,让老少爷们儿痛痛快快过了一回年!分肉的时候,小甫一块也没要。这事可了不得了。大年初二这一天,县上公安局哗啦啦下来了百十号人,小甫拄着拐棍往人前一站:"牛是我杀的,肉是我吃的!"

## 贾郎中

二十世纪三十年代,临沂宏正街行人如织,其间药行林立,名扬华北。这满城药行里,若论声名口碑,打头的便要数三草堂。三草堂掌柜唤作贾朝宗,光绪癸卯科举人,因在这岐黄之术上下过一阵苦功夫,干起这正骨拿环的营生倒也绰绰有余。贾郎中下方喜用阴阳药,比如枯叶蝶配七步草,桑叶配菊花,粉芍药配白奎盯。每味药阴阳相补,疗效极佳,颇得一方百姓垂爱。说来也奇,他本是一介书生,却凭着几椽生药铺子及这金不换的手艺,着实留下了不少伟绩。

便说这一日,贾朝宗接到上峰指示,临沂城驻军六十七师师长熊作义,勾结日本人,以其府邸为据点,走私国宝,现有《乘桴图》四尺落入其手,望其不计手段追回此图。然熊府上下,戒备森严,贸然潜入,实难得手。熊作义,诨号熊老六,虽年届花甲,发妻未添枝叶,连娶九房如夫人,始得一子,取名定中,年方八岁,甚得一族怜爱。不意其子偶染怪疾,奇方用尽,不见好转,只落得形销骨立的境地,活活地把这熊师长疼煞。眼见天赐良机,这郎中先生便搭上了一件白雪式的貂皮大衣,买通了九姨太。英雄难过美人关,狗熊也一样,九姨太枕边风一吹,熊府的求诊函第二日便送到了三草堂,于是郎中先生大笑三声,旋即就提着出诊箱跳上了一辆人力车。

"六十七师熊公馆!"

"好咧——"

车到砚池街,人流阻塞。贾郎中忙问:"出了什么差池?"车夫小范道:"恶霸十三两来了!"十三两,本名叫苏一刀,其诨名由来前文已述。贾朝宗打眼一看,果有一个汉子,凶神恶煞,左手拇指处生着一个小六指儿。

"那六指儿的黑脸泼皮就是十三两?"

"没错,就是他,恨得百姓牙痒痒!"

十三两腆着肚子大摇大摆地收他的保护费,车夫小范拉起人力车抄小道飞跑起来,郎中先生冲着十三两微微一笑。

听见车铃响,熊师长已在门口迎接。

"贾掌柜,辛苦了,快快请进!"

"谢谢!"

贾郎中跟着熊作义,穿过几条回廊,七拐八拐地来到客厅。宾主落座后,勤务兵沏上一碗普洱茶来。郎中先生醉翁之意不在茶,时不时地拿眼打量着周遭。但见正面墙上,端挂着一幅中堂,恰是明末复社公子冒辟疆的《乘桴图》,上题《论语》名句:道不行,乘桴浮于海。郎中先生心下已然有底,便不愿再耽误时间。

"熊师长,快把令郎抱出来吧。"

"好,好。"

熊作义甫一把儿子抱出来,就把郎中先生吓了一跳,本该细皮嫩肉的娃娃,却形容枯槁如死人一般。父为贼,儿清白,郎中先生竟打心眼儿里怜惜起来。仔细切脉后,郎中面露喜色欲言又止,眼前浮现出十三两狰狞的面容。

"犬子还有救吗,贾掌柜?"

"病是小病,只是……药引子难寻。无此药引,纵是大罗神仙,也怕回春乏术。"

"只要是临沂城有的东西,我就定能寻来!"

郎中先生提笔写下药方。熊作义定睛一看,药方也不过是人参、枸杞等一干滋补药,不觉微微皱了眉头。

"熊师长莫要疑虑,我明日差人把药配好送到府上,若贾某治不好令郎的病,贾某愿陈尸熊公馆门前!"

"药引为何物?"

"六指儿!"

…………

第二日。车夫小范到三草堂抓药,带来一个好消息:昨晚上,十三两在小白楼一带打秋风,忽地闯出一伙儿大兵,二话没说就剁了他的六指儿,限他三日内滚出临沂城。

"谢谢你的好消息,你的药费我免了,搭个顺路,把这味药帮我送到熊公馆。"

半月后。熊师长带着自己的亲卫队,敲锣打鼓地停在了三草堂门前。

"先生厚恩,您一味药治好了犬子的病,也治好了百姓的一块心病。请收下这块匾——妙手回春!"

郎中哈哈大笑道:"熊师长,救令郎病的不是我贾某人,是一块河泥啊……"

熊师长愕然……原来这熊定中并不是得了什么不治之症,而是暑天里随管家下河洗澡,因不习水性,误吞了带有蚂蟥卵的河水,蚂蟥幼虫在其肚子里安了家,天长日久把他吸干了。那日贾郎中切脉,料定是这毒物干的好事,便寻来河泥蒸做药壳,里面尽是填了些滋补之药。这蚂蟥有个土名叫地龙,喜欢在河泥里闹腾。熊定中服过河泥后,蚂蟥便钻入其中,待这河泥随五谷轮回排出体外,病自然也就好了。自此以后,贾郎中便成了熊师长的座上客,不几日便对熊公馆的构造、卫兵设防及换班时间了如指掌。

这一日,更打子时,贾郎中潜入熊府,轻车熟路躲过一班卫兵来至客厅,却不见《乘桴图》,翻遍整个府邸也不见其踪影,心说,好个汉奸,平日待人和善,背地里防我一手。待寻到熊作义卧寝,却见这厮正和九姨太将画枕在头下。当下贾郎中便将这狗男女五花大绑。熊作义怎么也想不到,行窃者竟是自己儿子的救命恩人!

俗话说,艺高人胆大。贾郎中并没有马上携画而去,他点燃蜡烛,铺展画卷细细观赏,心想,世人皆知冒辟疆与董小宛的一段风流韵事,却不晓得这冒氏的书画也是一绝。

但见此画四尺有余,汪洋之上一扁舟,一落魄儒生斜躺其上,好不凄凉!贾郎中由画联想到自己的身世,仿佛身临其境,心下不由得恍惚起来。不料这汉奸竟用嘴巴叼住九姨太的发簪,割开了绳索,夺门而出,唤来了守夜的卫兵。

贾郎中回过神来,忙抓住九姨太,说:"我只是个江湖郎中,只求财不索命。"熊作义对这小妾最是稀罕,忙把卫兵喝退,向郎中讨饶:"恩人哟,莫伤了和气,以后有我的肉就少不了你的汤,千万别伤了拙荆!"贾郎中见势略有缓和,看了一眼熊作义,说:"知道我今天为什么失手吗?""为这画呗!"熊作义见他命悬一线之时竟问出这等问题,也不觉莞尔。

"你可知道这画的好处?"

"还请恩人指教。"

"冒襄,字辟疆,号巢民,南直隶扬州府泰州如皋人,复社四公子之一。十四岁得文坛巨擘董其昌提携刊刻诗稿,名噪一时。身后留《巢民诗集》八卷、《冒襄文集》六卷、《影梅庵忆语》一卷、《同人集》十二卷。"说到这里,贾郎中似感块垒填胸,不吐不快,不觉沉入其中,口若悬河起来,"冒襄诗文并不见得能出四公子中另三位(桐城方以智、宜兴陈贞慧、商丘侯方域)之右,但书画却绝对是其中翘楚。冒氏画法博采众长,用墨雄健恣肆,极富变化,笔皴师法董源、黄公望、张旭等怪才而又自成一格……"

贾朝宗洋洋洒洒说了半个时辰，渐渐忘了自己处境，竟慢慢挪开卡住九姨太的手，来到画前，指指点点感慨阵阵。至动情处，他干脆取下墙上的古琴，弹了一曲《胡笳十八拍》，边弹边唱。

熊作义虽是赳赳武夫，夙喜舞文弄墨，平常不吝招揽一干墨客装饰门脸，如此再三，竟粗通文墨，算得半个儒将。此时听闻贾郎中一番指点，大受感染，早已魂入其中。贾郎中便借机取过这画，走到熊作义面前，说："此画眼下已成至宝，顶熊师长满堂家业，快快收起才是。"熊作义忙接过画来，深施一礼。贾郎中拍拍熊作义肩膀，说："裱画最忌虫蛀，需用楠木箱珍藏。"话毕，他挽过熊作义胳膊："我说得口干舌燥，看在孔圣人面子上，虽可不收你束脩之礼，但送我一程是少不了的。"熊作义这才醒悟着了道，怎奈为时已晚，只好亲送这位"贾老师"。

两人来到一条小巷，贾郎中止住脚步道："多谢熊师长相送，有句话恕我直言，您手上这画，嘿嘿，是幅赝品，是我年前偷闲临摹下的，不巧到了您府上。也活该我倒霉，偷了自己的假活儿。"熊作义一听，差点儿被气死，一把将画甩出丈余。说时迟，那时快，贾郎中施展开内家功夫，抢在画落地前将卷轴抱住，一个鲤鱼打挺站起身来，冲熊作义抱抱拳："谢谢熊师长成全！"没等身后的几十个卫兵反应过来，这郎中早已飞身跳上墙头，人影闪动，消失在了夜色之中。再看这熊作义,"哇"的一声,吐出大半碗血来……

《乘桴图》被盗之后,熊作义满城搜捕贾郎中,郎中先生只好转移到了曲阜琉璃厂,躲在且看斋里专门从事文物保护的地下工作。

同行是冤家,自打且看斋开业后,对门退思阁老板佟五爷就算计着给贾朝宗来个下马威。这佟五爷年轻时原是个小叫花儿,腊八节这天连冻带饿倒在了退思阁门前。民谚说得好:"腊七腊八,冻死叫花儿!"退思阁老东家心慈人善,用一碗腊八粥救了小叫花儿的命。醒来后的小叫花儿给老东家磕头如捣蒜,老东家膝下无子,又见小叫花儿生得乖巧,就将他留下做了跑堂。小叫花儿颇有几分灵性,一点就通,不出几年,就出了师,成了琉璃厂有名的佟五爷,再往后就顺风顺水地成了老东家的女婿,退思阁的少东家。佟五爷掌舵不久,且看斋就开在了退思阁对脸,分了一杯羹。佟五爷表面不好说什么,背地里没少使绊子。

端午节这天,贾朝宗正在后院喂鸟,一个长了一副斗鸡眼的矮胖子就进了退思阁。"快把贾老板叫出来,大买卖来了!"伙计文三儿扫了一眼,见这人身穿对襟土布褂,脚踩一双破草鞋,不像个有钱的主儿,就皮笑肉不笑地说:"我们贾老板在后堂午休,这位爷您有什么吩咐就直接跟文三儿我说,不嫌弃小的眼拙的话,我先帮您把宝贝瞜瞜。""少废话,小心宝贝闪了你的狗眼,快把姓贾的叫出来!"文三儿一听可不待见了:"瞧您穷酸样,装什么大尾巴狼!"斗鸡眼听到这可不干了,立时吵吵上了。

贾朝宗听见有人撒泼,没等文三儿再搭话就转了出来,打量了一下来人,很有涵养地深施一礼道:"这位爷,您消消气,三儿不会说话,您别跟他计较,咱借一步说话。"斗鸡眼跟着贾朝宗来到后堂,早有伙计沏了茶,看了座。斗鸡眼也不喝茶,从兜里掏出个做工精细的手绢,里三层外三层地打开,亮出一只玲珑剔透的烟壶来!斗鸡眼把烟壶拿在手上,很是得意道:"贾老板,我刚才话是冲了点,没办法,这是我从小惯下的毛病。不瞒您说,我是旗人出身,小时候家里阔绰,对下人使唤惯了,如今祖上犯了点事,铁杆儿的庄稼倒了,主子气儿还没倒,您多担待。不过话又说回来,您店里伙计也忒狗眼看人低了!"

贾朝宗瞥了一眼烟壶,断定不是一般的货色,心想险些被伙计坏了大事。"这位爷您严重了,来的都是客,咱先把生意谈喽,回头我亲自负荆登门!"斗鸡眼见好就收,也不再言语,把烟壶递给了贾朝宗:"您好好瞧瞧,正宗古月轩的家伙,聂小轩的内画!"起初,贾朝宗只看清这是一茶晶背壶式的烟壶,听斗鸡眼这么一说,这才注意到,原来这长不过一拳、高不过二指的烟壶里竟还藏着北宋范宽的《溪山行旅图》。

"真是个好家伙!"贾朝宗禁不住啧啧称赞。斗鸡眼见贾朝宗叫好，八旗子弟的得意劲儿就又上来了："这宝贝可不一般，三个上等工匠专跑到和田挑的玉，回来倒腾了两年才算成事儿。原本是肃亲王花了五十条金砖买来的，后来肃亲王开恩赏给了我阿玛。庚子年洋鬼子闹蹶子，我阿玛坏了事，眼看就逃到江苏地界了，不巧得罪了山东巡抚，我阿玛现今还在牢里。这二十多年，家底子被掏空了，您也看见了，我都这打扮了，若不是急等着用钱，打死我也不干这丢份儿的事儿。"

贾朝宗哪里还有工夫听他叨叨，眼都粘在壶上了。但贾朝宗毕竟也是世家出身，知道这玩意儿的好处。鼻烟自明朝万历九年被利玛窦带进中国，到康熙、乾隆年间达到了它的黄金时代，一时朝野上下皆嗜鼻烟。康熙爷到南京时，西洋传教士敬献多种方物，他全部回赏了洋人，只把"SNUFF"（鼻烟）收了下来。贾朝宗把这烟壶掉过来翻过去看了不下几十遍，越看可就越觉得这壶里有内容了，不禁冷笑起来。

"这位爷，宝贝是个好宝贝，您开个价吧。"

"咱先说好，买卖成交前我有个说法。我们旗人毕竟都是一家子，保不齐哪天宣统爷又打回北京城了，到时候再想起我阿玛的好来，我们一家子可就翻了身了。所以这壶我先当给您，一月后，宣统爷若还没动静，壶就姓贾了。刚才我也说了，肃亲王是五十条金砖买的，我能到您这儿来也算有缘,您给三十条算了。"

"成交!"

不出十天,整个华北古玩界都知道且看斋得了宝了,都巴巴地指望着能开开眼界。

贾朝宗料定这斗鸡眼不会来赎当,顺势就选了个吉日,专摆了十大桌酒席宴请古玩界各路大拿。佟五爷当然也在。酒过三巡,贾朝宗端出个精致的匣子,匣子里晶莹剔透的烟壶光彩照人。于是大家你传我我传你,生怕不能一睹宝物风采。这一天,贾朝宗可喝高了,谁料烟壶传回手里时,竟没拿住,"当啷"一声被摔个粉碎!

嘈杂的客厅立时鸦雀无声,再看贾朝宗,若不是有伙计扶着,他差点儿晕过去。按琉璃厂的规矩,若主家来赎当,这可要双倍赔啊!

事儿传得真快,全城可都知道了。当然,斗鸡眼肯定也知道了!

第二日。

"贾老板,我阿玛翻了身了,今天我可赎当来了!"

贾朝宗不但不慌,反而笑一笑:"您确定要赎?当票带来没?金子带够没?"

斗鸡眼把金条和当票码在柜台上:"一分不少!"

"您当真要赎?这可要了贾某的命啊!"

"当真要赎,以后有宝贝给您留意!"

贾朝宗就乐了,把金条一收扔给伙计,打兜里竟又掏出个烟壶来:"这位爷,您的宝贝原物奉还,您拿回去欣赏吧。"

斗鸡眼傻了:"烟壶不是被摔了吗?"

"不摔您能上套吗?摔的是贾某人自己做的,您若想要,我赶工夫给您做一车!给您主子带句话,有能耐算计小鬼子去,别只管挤对自己人!"

斗鸡眼哪还敢说话,羞得撒腿就跑。

原来,贾朝宗一开始就知道这烟壶是个赝品。《溪山行旅图》原画题款"范宽"二字,是埋在这画树下草叶间的,非拿放大镜看不到,可这内画的落款却大大方方戳在那儿。既说是聂小轩的内画,就万万不会出这样的差池。贾朝宗料定是佟五爷下套露了马脚,就将计就计导演了这出戏!

后记:1998年版《临沂县志》载:贾朝宗,琅琊郡沂州府人,光绪十三年生。光绪三十一年山东省乡试解元,同年参加武举廷试,枪挑礼亲王载韬,罢科举资格。十二月,山东巨匪刘黑七火烧贾府,贾朝宗流落民间。后参与军阀混战,拜在冯玉祥麾下。冯势败,贾至广东,次年加入中国共产党,后从事地下工作,代号"黑鹰",刺杀过多名国民党及日本陆军要员。中华人民共和国成立后,拒受军衔,隐居临沂民间,后入狱。一九七九年平反昭雪,同年在苍山县梧桐山浮屠寺出家,二〇〇〇年逝世于此,享年一百一十三岁。

## 灯笼

张同和发现小乞丐的时候,天刚擦黑。这是本月以来第三个倒在门口的乞丐了,张同和的同情心已经被消磨得差不多了。

"腊七腊八,冻死叫花儿!"一入冬,天就冷得邪乎。到腊八节这一天,口吐唾沫摔八瓣。岑石镇大街上,送葬的队伍一茬撑一茬,连冻带饿死在镇上的乞丐也随处可见。"老天爷作孽啊,祖辈儿没见过这阵仗,真是蛤蟆星子进大河——见了景了啊!"几个扎堆晒太阳的老汉感慨不已。

张同和看到小乞丐的第一眼,想起的是长工刘三。"刘三,龟孙子你又到哪里出秧去了,快把这个穷鬼给我扔到乱葬岗去!"踮着小脚颤巍巍跑出来的是小姐春草,干了一天活儿的刘三早就累倒在了床上。不知情的人很难把春草和张同和联系在一起。张同和站直了赛个钉长,一张脸上满天星,千沟万壑的像刚犁过的地。春草年方二十,细高挑儿了,粉嘟嘟的瓜子脸很耐看。春草是个活菩萨,才瞥了一眼小乞丐,泪珠子就直打转。小乞丐十五六岁,干干净净,不似一般乞丐那样埋埋汰汰的,只是从上到下穿得单单薄薄,不带一丝棉。春草俯身试了一下小乞丐鼻息,拿眼剜了一眼张同和:"爹啊,家里不缺这口饭,用了一辈子穷人,也该是积点德的时候了,免得给乡党留下话把儿。"张同和听闺女这么一说,脸上就红一阵紫一阵的,硬得像白菜帮子。张同和犁地是把好手,可一辈子却没犁好老婆这块地。折腾了大半辈子,五十岁才得了这么一个闺女,把她看得比金疙瘩还娇贵,闺女的话就是圣旨。

长工刘三把小乞丐抬进柴房的时候,春草先是抱来了一床新被窝,后又端来一碗腊八粥。刘三看看小乞丐,再想想自己,心里有点儿不是滋味。喝了腊八粥的小乞丐,脸上逐渐红润起来了。借着灯光,春草仔细端详着小乞丐,觉得小乞丐眉是眉眼是眼的,怪好看的。

第二天天一亮,春草就拿了新棉衣来看小乞丐。小乞丐已经起来了,正在洗漱,看见春草,就傻兮兮地笑起来,并不显得面生。春草见小乞丐居然也爱干净,竟越发觉得小乞丐可爱起来了。"你傻乎乎地笑个啥,也不知道谢谢我,把你再扔到街上喂野狗算了!"春草打趣小乞丐。小乞丐还是不说话,只顾笑。"我昨夜里说得唾沫都干了,也没换来小要饭的一句整话,少不了是个哑巴。"刘三把烟锅子往地上磕了一下说。春草看一看烟雾缭绕的刘三,有点儿不太相信,又瞅了瞅小乞丐,胸口就猛地疼了一下。穿上新棉衣的小乞丐,显得很神气,低下头把自己看了又看,仍是一个劲儿地笑。春草又把小乞丐从头到脚瞟了一遍,说:"你以后就留下来吧,我也没个兄弟姐妹的,留下来是个伴儿。你叫个啥?多大了?"春草问完了才意识到是白问。小乞丐把手伸进口袋,掏出一支笔来,又扯了一张刘三卷旱烟的纸。小乞丐把纸条递过来的时候,春草有些惊讶,脸上露出了喜色——她没想到小乞丐居然会写字。小乞丐叫根子,十六岁了。春草叫了一声根子,又叫了一声根子,根子就一个劲儿地笑。

沂蒙山区是山连山,山套山。岑石镇就架在半山腰上。张家上下二十口人,加上十几头牲口,每天用的水全靠几个长工走三里地到山下的泉子去挑。张同和专门给了根子一对小桶,让他每天跟着刘三下山挑水。"根子,你记住了,你的命是春草救下的。"根子使劲地点头。

一晃两年就过去了,根子的身板长开了,往人前一站赛个门板。根子挑水的桶随着根子的身板一起见风长,其他长工挑三趟的水,他一趟就够了。两年里,根子的衣服都是春草给洗的,鞋子都是春草给做的。根子的肩膀被扁担压烂了,血汪汪的,夜里春草就让根子光膀子趴在油灯前,给他上药水。眼泪也吧嗒吧嗒地掉在根子膀子上,分不清哪是药水,哪是泪水了。有一回刘三看见了,第二天张同和就找到了根子:"根子,你得明白你的身份啊!"根子一愣,半天没回过神来……那以后,根子就再不让春草忙活了。

根子每天除了挑满十八缸水,还要专门给春草挑一担水洗澡,两年中从没间断过。岑石镇的人都说,山泉水养人,此话不知真假,反正春草一天天地用山泉水洗澡,一天天变得好看起来了。刘三说,他活这么大岁数了,没见过像根子这么大劲头的爷们儿,说根子是蝎子的巴巴——毒(独)一份!有一回,岑石镇来了个耍把式的,在张家门口拉开了场子,在地上画了个圈,马步一扎,说:"谁能动他一动就赏一块光洋!"为了一块光洋,岑石镇的后生一个接一个地上,耍把式的岿然不动。耍把式的又说可以三人一起上,于是就有三个壮汉把住他两腿和上身,把劲儿往死里使。壮汉们要的已经不是光洋了,他们要的是岑石镇老爷们儿的尊严。三个壮汉不但没能挽回岑石镇老爷们儿的尊严,而且让整个岑石镇的人都觉得名誉扫地。根子是被三个壮汉从挑水的半道儿上扯回来的。根子不愿浪费时间,二话没说(当然也说不了),伸手抓住耍把式的衣领,一运力,就把耍把式的凌空提溜起来了。他一松手,耍把式的就摔了个狗抢屎。

岑石镇的女人都说,找男人就要找根子这样的爷们儿。春草听了,心里就甜丝丝的。

伏天夜里,春草铺一张凉席,躺在天井里。根子就坐在旁边扇扇子,赶蚊子。这时候,一群萤火虫在街上飞,远远看上去就像远方夜空里飘着的灯笼。根子曾经告诉春草,说他老家那儿到了元宵节的时候,半大小子人手一个灯笼,在街上飞跑,打远一看,就像一群萤火虫。春草想到这儿说:"根子,到元宵节的时候,你给姐做上满屋子的灯笼吧。"根子点点头,似是想起了什么,脸上就笑成了一朵花。春草又看着天上的牛郎星问根子："根子,你能给姐挑一辈子水吗？"根子的头点得像拨浪鼓。春草心里猛地一紧,闭上了眼睛。根子的心跳得厉害,耳边竟响起了张同和的话："根子,你得明白你的身份啊！"根子慢慢站起来,向着萤火虫跑去了,身后响起了春草的呼喊："根子——根子——"

张同和听见闺女的喊声,眉头皱成了一根绳子。这天夜里,张同和对自己的老婆说："前庄老王家该来提亲了,你明天让媒人去催催。"

听见春草喊声的还有刘三。刘三听见喊声,目光就落在了根子用的扁担上。

第二天,根子很晚才回来,手里拎着一根断作两截的扁担,腿一瘸一瘸的,桶里的水少得可怜。春草问根子怎么了,根子摇摇头。春草又说："今天不洗澡。"她想夺下根子的扁担。根子又摇摇头,反身挑最后一趟水了。

根子把桶按下泉子的时候,看见了春草映在水里的脸。

"老刘家来提亲了,今晚上你带我走吧！"

…………

根子把最后一桶水倒进春草的澡盆后,离开了岑石镇。根子走的时候,春草还在收拾行李……

春草出嫁后的第二天吊死在了王家。送葬那一天,有个哑巴挡在了半道儿上,朝着棺椁不停地叩拜,额头上血肉模糊。

春草下葬后的第二天晚上,有人看见,春草的坟周围挂满了灯笼,在风中飘飘扬扬,远远看去,就像漫天纷飞的萤火虫……

西安今夜有雪

一

怎么说呢，说出来你也未必信，我是苦孩子出身，读大学以前从未谈过恋爱，甚至连一个愿意正眼瞧我的女生也没有。一个人去上学，一个人卑微地走在校园里，一个人出没在荒山野岭和杂七杂八的盗版书店。一个人的时候我常常想，兴许这辈子就这样过去了。

二

毕业西漂，一无所有，花花世界里，我趔趄在西安街头。几个月来，我怀揣着文字江山，马不停蹄地先后把五个老板炒了鱿鱼。如果不是木青对我不离不弃，我想我早就饿死在西安街头，成全了某只丧家之犬。木青说尊严是吃饱了以后才需要的东西，可我实在无法容忍那个连标点符号都不会用的家伙对我的文案指手画脚。

离上班还有一个小时,我搂着木青在床上起腻。兴许是她看出我又动了辞职的念头,虽不情愿,却没说什么,只是默默起床收拾上班。木青走后,空气里,女人的气息依旧浓烈,我躺在木青刚刚躺过的地方,细嗅着生活的味道。一刻钟后,我套上木青给我新买的断码T恤,下了床。公司还欠我半个月工资,我不能便宜了那帮孙子。

从建国门到大雁塔,公交两元,地铁三元,打的十五元。作为穷光蛋的我,摆摆手拦下一辆的士,脸不红,心不跳。站在公司大门口,光洁如镜的大理石晃得我眼晕。在大理石的倒影里,我看见自己进不敢进退又不甘心,样子可怜又猥琐。我用力想了一下木青,又想了一下木青,再想了一下木青,人就到了财务部门口。隔着门缝,我看见财务经理一边揉搓着前台小姐的屁股,一边泰然自若地和她认真讨论着公司最新的考核办法。一天前,这个女人还在向我讲述着她与丈夫之间的恩爱故事,此刻竟就成了别人的盘中餐。上周公司聚餐时,她的手曾三次掠过我的大腿,如果还有第四次,我不知道自己会不会将她堵在厕所里。财务经理和前台小姐关于考核办法的讨论始终没有实质性进展,随后以肢体语言为主的讨论就开辟到了宽大的办公桌上。我知道,如果我此时推门而入,并且足够无赖,兴许能拿到双份工资或者直接加入他们的"讨论"。可还没等我敲门,五大三粗的保安就像拎一只小鸡一样把我拎到了街上,然后"咕咚"一声将我推了个狗吃屎。

我擦掉嘴角的血,爬起来,摸摸兜里仅有的几个钢镚儿,没摸到一丝活下去的理由。我顺手抄起一块碎砖头,二话不说就想往那肥仔头上扣。我不知道自己是不是被饿昏了头,砖头还没来得及扔出去就直接滑落在地。左脚瞬间鲜红一片,血汩汩地流。我没有叫。七月中旬的阳光烤得我脊背发烫,我抬头看了一眼躲在天上幸灾乐祸的太阳,看见木青的脸就躲在太阳里。她在对我笑,那笑容比此刻的太阳温暖百倍。可是木青怎么会在太阳里呢?她怎么会对我笑呢?出租屋里的我们已经有两周没有吃过一顿饱饭了。我流泪了。我一边骂一边向建国路跑去,街上的行人像看傻子一样看着我。

我跑过广济街,跑过骡马市,跑过建国路张公馆对面的宣传栏。宣传栏上贴着本省最新的公考信息和尚未清理干净的香港富豪重金求子广告。这些都没能让我停下脚步,让我停下来的是散布在宣传栏前的三五个漂亮姑娘,她们修长的小腿、飘逸的长发虽不能动摇木青在我心中的地位,但却真实地提醒着我的男人属性。我用最短的时间擦掉眼泪,然后以一副正人君子的姿态贴近人群。人群中最高的姑娘足足比我高了半个头,如果我没有看错,她不仅是最高的一位,也是最有姿色的一位。我咽了一口唾沫,我想,即便她脱掉高跟鞋，也总要比我高上那么三五厘米。我猜她八成毕业于本地某所艺术院校，最不济也得是个野模。为了看清她的脸，我极不情愿地挤到前排，和她并排站立着。我的右眼在眼镜后面滴溜溜乱转，左眼认真地注视着前方。我一点点地往后挪，企图重新占据刚才的身位，却发现适才的有利位置早已被一位身形猥琐的瘦矮个儿霸占了。姑娘和她的两位女伴正紧盯着一道高数题，脸上一副愁云惨淡的神情，丝毫没有注意到自己被揩油。我伸长脖子瞄了一眼题目，然后轻描淡写地报出一个数字，一群人就齐刷刷地看向了我。我这才想起来自己曾经是一位三好学生。姑娘开始注意到我的存在，我知道，博取姑娘欢心的时候到了。

几公里外的同一时间里，木青刚刚拒绝了一个本地中产阶级青年的示爱，并利用午饭时间回住处，把我昨晚换下的内衣洗净晾晒了起来。

### 三

我和姑娘面对面坐在一家面馆里，她说她叫艾丽莎，大家都管她叫小艾，虽然我比她小三岁，但也可以这么叫她。小艾一米七六的个子，白天是各种街头小报的封面模特，晚上在健身房里教瑜伽。我觉得小艾的身材和气质都像个野模，可嘴上却油滑地说："小艾，你看着像个明星，你比她们都漂亮。"小艾脸一红,说:"有吗?"我说:"有啊,当然有。"她说:"别老看着我,你吃啊。"我说:"我不吃,我已经饱了。"她说:"你还没吃,咋就饱了?"我说:"秀色可餐啊,看看你,我就饱了。"小艾就笑了。小艾的笑容和木青如出一辙,而我讨女孩欢心的话,竟也毫无新意。

面吃完了,小艾很认真地看着我问:"你是那种数、理、化、史、地、生样样精通的学生,对不对?""你咋知道?"我说。小艾说:"你镜片那么厚,总不能是打游戏打的吧?"我说:"打游戏只会让视力越来越好,我是学了人体力学专业后才近视的。学这门课程需要看很多文艺片,这种片比较适合两个人一起看,可是一直以来,我都是一个人看,长此以往,就近视了。"

"人体力学属于运动学或者体育教育之类的学科范畴吗?"

"不对,人体力学属于医学的范畴。"

"那你是干什么工作的?"

"就是你想考的那个职业。"

"公务员?"

"对。"

"公务员队伍需要医学专业的学生吗?"

"嗯……需要,需要的,比如……比如卫生局。"我这谎撒得有点儿心虚。

"卫生局的公务员很难考的，你笔试多少分？"

"难考吗？我没啥概念啊，裸考一次性上岸。"这倒是实话，我对公考确实没啥概念，只能凭借对百分制的直观感受随口报出一个不高不低的分数，"笔试——80分吧，也不是很高。"

"天啊，你这么厉害，怪不得刚才那么难的数学题，你一下子就答对了。80分啊，我有点儿崇拜你了。"小艾惊讶地直拍桌子，双乳随之乱颤。

"笔试的时候我迟到了二十分钟，不然拿个85分应该没有问题。"在漂亮姑娘面前，我吹起牛来有点儿收不住。

"哇哇哇，原来我遇见大神了！"

"我觉得你和我弟弟长得挺像的，"小艾突然眼前一亮，"他大专毕业三年，参加了十多次公考，从陕西到广西，从贵阳到沈阳，只要能报上名通过资格审查的他都考了，可是一次面试也没进。你成绩这么好，又上岸了，拉我弟弟一把，怎么样？"小艾说这些的时候，身体前倾，嘴巴微微嘟起，明显是在向我撒娇。

"这有点儿扯吧，走不通的。"我嘴上虽这么说，心里却已经答应了七八成。小艾说："你不用担心，只要你愿意，其他的事都包在我身上。"我说："你确定，包在你身——上？"小艾说："你这人怎么这样啊，人家把你当英雄，你咋像个人渣！"

小艾骂得对，从走出校门的那一刻起，之于木青，我已然是一个实打实的人渣。认识小艾之后的半个月,我们一起吃过三次海底捞,看过三场电影,在兴庆公园的长椅上长聊过三次。每次去见小艾,我都事先洗澡、洗脸、洗头,刷牙、刷鞋、刷存在,然后花十五元让楼下理发店的小马哥把我的头发拾掇得像被狗舔过一样,只为日后有了钱,能够在一次次地刷银行卡、购物卡、会员卡之后,在小艾面前理直气壮地刷一次房卡。

我频繁地"加班"不仅没有让木青产生丝毫怀疑,而且还让她觉得生活重新美好了起来。在全西安六家连锁店五十多个激光脱毛技师里,木青连续五周业绩排名前三,比同时入职的八个女孩提前两个月转正,工资当月就涨了八百六十多元。木青高兴得不行,刚拿到转正工资,就跑到南门外一家旧书店把我觊觎已久的一套价格不怎么亲民的绝版书买了回来,还在回来的路上买了大块的牛羊肉、猪排骨,说要给我好好补一补。饱餐完土豆炖牛肉,木青催我试穿她给我新买的阿迪运动鞋。这些年,我穿烂的阿迪运动鞋有十几双了,全都是贴牌货,这次不一样,鞋子一上脚,我就知道是正品。我穿上了真阿迪,可木青脚上那双天桥地摊鞋已经穿三年了。我怂恿木青给自己买双新鞋,木青像没听见似的,系上围裙拿起碗筷就进了厨房。那一刻,我真想和小艾断绝来往。

木青在QQ上留言说下班后一起去看《致我们终将逝去

的青春》时,我和小艾正看完电影从影院里往外走。天黑了,小艾不想回家,小艾想上城墙。月亮从云彩里往外钻,我们从建国门附近的一个豁口下往城墙上钻。月亮很圆,夜长安很美,小艾比夜长安更美。月亮终于从云彩里钻出来的时候,小艾哭了,小艾想起了她的初恋。

他属于那种女孩子见了都会喜欢的男生,阳光帅气,有点儿像明星,篮球打得棒极了,扣篮的时候总有一大帮女生为他尖叫。他们坐同一节车厢去扬州,她的行李很多,行李箱很重。隔着几十个座位,他从车厢另一头穿过来,轻轻一举就帮她把行李放到了行李架上。车厢里热得不行,她拿水给他喝,他咕咚咕咚几口就喝光了一瓶。她又递给他一瓶,他接过水,坐在了她对面的空位上。火车在关中平原上飞驰,他们聊了起来。他们聊了各自的学校、专业,聊了他们的童年、少年,聊了他们的同学、老师,聊了他们喜欢的书、看过的电影,聊了他们的未来和理想。车快到站的时候,他们还聊了他们理想中伴侣的样子。他们互相留了电话,也留了QQ和微信。才下车不到半个钟头,他们就又在微信上聊了起来。因为和他聊天,她错过了最后一班公交;因为和她聊天,他在便利店买东西找零时收了五十元假币。但他们一点儿都不在意。第二天天一亮,他们就爬起来奔向对方。他们来不及想异地恋对他们意味着什么,就把自己交给了彼此。之后的几年里,他们无数次往返在西安至扬州的铁轨上,最频繁的时候,她一周两次下扬州。他们爱得太苦太累,空间的距离把他们折磨得失去了爱的能力。直到有一天,他们把对方重新放下。

月亮又一次钻进了云彩里,小艾讲完了,也哭完了。小艾说:"周小三儿,你那么坏,应该不是单身吧?"我想都没想就说:"比你还惨,从入学军训开始谈,到毕业合影那天分手。出了校门大家都认钱,我这么穷,哪里有人搭理我,站在你面前的是一条纯种的单身狗。"小艾看了我一眼,又看了我一眼,若有所思地说:"其实你挺帅的,就是……矮了点。"我的流氓劲儿又一次被小艾百分之五十的夸赞勾了起来,于是很不要脸地说:"身高不妨碍接吻,你要是不信,可以试试。"小艾说:"你滚,我的择偶条件里第一条就是必须比我高,你连第一关都过不了。"我泡妞的经典台词才刚开头,兜里的手机就振了起来,是木青在催我回家。

我爱木青,但此刻的我,心里只有小艾。

四

立秋那天,我刚刚喝下木青为我熬的鸡汤,就在电话里对木青说单位派我去武汉出差,没等她接话,我就坐进了小艾那辆鲜红的小汽车里。从西安到宜川的三个半小时车程里,为了让小艾相信我是一个名副其实的已经上岸的卫生局公务员,随着路标上地名的变换,我适时地卖弄着自己的文史、地理知识。虽然此前的我连一套公考试题都没做过,但小艾那崇拜的眼神让我觉得自己俨然就是一个考霸。

"你怎么啥都知道?比我这个陕西人还了解陕西。"

"毛毛雨啦。"

"你上学时候是不是觉得学习是一件特轻松的事儿?"

"当然。"

"说实话,我有点儿嫉妒你们这种人,成天不是泡妞就是打游戏,一考试就是年级前十,老天对你们太好了。"

"就那么回事儿吧,很难吗?"说这话的时候,我的神态那叫一个嚣张又欠扁。

"今天悠着点,别考太好。他考了三年,分数最高一次在湖南,行测69分,申论72分,好不容易进面试,面试完又比第一名差了七八分。"

"80分以下,我很难做到的喔。"我不要脸起来真是要命。

"嘚瑟吧你就,越捧你你就越肿。"

小艾一脚油门,我"咣当"一声撞在了靠背上。"谋杀啊你!"我摸着后脑勺直叫唤。小艾纤细的手指熟练地操控着方向盘和变挡杆,柔顺的长发因为车速的提升随风飞舞。我又一次感觉到,相比于木青,我更喜欢小艾。

车到宜川的时候,天刚刚擦黑,小艾怕人多嘴杂,我刚从车里钻出来，就被她直接塞进了考点附近的宾馆。我说饿了，小艾就扔给我一堆面包和饮料。我又说："小艾你真抠，我为了你弟弟的远大前程跑到这个鸟不拉屎的地方来，你就给我吃这个。"小艾说："你说过的，秀色可餐，你已经餐了三个半小时了，要是还不饱，我再让你餐半个钟头。"我低头啃面包不再说话。小艾洗了把脸，从挎包里掏出一个透明公文袋丢在我面前。不用想也知道，里面装的是准考证、身份证和其他一干考试用品。

"身份证有两张，假的放在左边兜里，真的放在右边兜里，进场时掏左边兜，进了场再放回去。进场后，如果监考老师查身份证，有扫描仪的时候掏右边兜，没扫描仪的话就还是掏左边兜。"小艾站着，我坐着，小艾的声音和身体一样居高临下，好像是她在帮我而不是我在帮她。

我拿起两张身份证和准考证，两下一比较，就全明白了。左边兜里的身份证头像是把我和小艾弟弟两个人合成了一个人，像他，也像我，不像他，也不像我。右边兜里的身份证是真的，猛一看，小艾弟弟长得还真和我有几分像。更巧合的是，小艾弟弟和我还是同年同月生，生日只差了三天。只可惜，小艾可以修掉我浓黑的连心眉却修不掉我的双眼皮，即便是一个瞎子也可以看得出，我比小艾的弟弟至少帅了三个段位。小艾又从包里拿出一个信封塞给我，我心安理得地接过来。不用看，里面一定是这次代考的订金。

　　小艾给我订的是标间,粉色的窗帘和床单,让我有点儿想入非非,于是风卷残云地吞下一堆面包,然后火急火燎地冲进洗澡间,水还没放热,又猴急猴急地冲了出来。我冲小艾谄媚地笑,小艾就"咣当"一声关上了房门——可惜这"咣当"一声来自隔壁。没错,小艾住在我的隔壁。我套上裤衩站在走廊里敲隔壁的门,我说:"小艾,咱能省就省点吧,住一晚上一百多呢,你要是不放心你拿根绳把我捆上。"小艾说:"你滚,你滚,你快滚。"

　　整个晚上,我一想到小艾此刻正与我头顶头睡在隔壁的床上,我就翻来覆去地睡不着,以至于在第二天的行测考场上,我至少打了五十个哈欠。真上了考场,公考的题量和难度还是超出了我的想象,两个小时,十六个页码,一百四十道题,涵盖语、数、外、史、地、生、理、化、天文等。收卷铃声一响,小艾那辆红色小汽车就停在了考场入口。还没来得及从考试状态里回过神来,我就又被小艾摁进了副驾驶。小艾问我:"考得如何?"我想都没想就说:"好得不得了,保底80分。"小艾立马就笑了,说:"我不会亏待你的,我带你去你最想去的地方。"小艾说完把油门往死里踩。我说:"小艾你慢点。""快吗?不快吧,来时候就这个速度啊。"看得出小艾是真高兴。等红灯的时候,小艾又丢给我一个信封:"这是辛苦费,如果事儿成了,乘以十。"

我把信封放在一边,流氓劲儿就上来了:"钱我不要,要不肉偿了吧?"小艾瞥了我一眼,说:"好啊,你等着,咱找个合适的地方。"

## 五

小艾没撒谎,小艾真要给我肉偿了。红灯还有十多秒,小艾一脚油门下去,在单行道上逆行两三公里,直接把我扔在了罗门皇宫——宜川最大的洗浴中心——门口。小艾怎么把我摁到车里的,又怎么把我从车里扯出来,没等我站稳,就把一沓"毛爷爷"摔在我脸上:"去吧,赶紧去,里面什么口音的都有,索马里的都有,什么时候钱花完了什么时候出来,我在门口候着你!"

如果带我来这里的不是小艾,我真想进去听一听什么是索马里口音,但是此刻,我必须承认,我的心里只有小艾。我弯腰捡地上的钱,自下而上看着小艾,那谄媚的笑比阳光还要灿烂,小艾却自上而下地骂了一句"恶心"。我把钞票重新塞回小艾兜里,然后可怜兮兮地爬回副驾驶座上,老实得像个孩子。

为博小艾一笑,在回西安的三个多小时里,我穷尽了自己二十多年来所有的知识储备,小艾却一言不发。晚十点的长安街头,小艾将我和一个装满钞票的信封一起丢下了车。

双脚重新站定在大差市十字路口的时候，我的手机也关闭飞行模式重新工作。离开西安仅一天，三十六个未接电话、一百零九条未读微信全部来自木青。木青嘱咐我出差期间注意休息，不要太操劳，说武汉有我喜欢吃的热干面，有空可以尝尝，说东湖附近有家旧书店，那里可能有我喜欢的书……我无地自容。在这座有四百万人口的古城里，真正爱我关心我死活的人依旧是木青。秋风乍起，我觉得有些冷。

建国路四巷的夜市和往日一样冷清，我从酒肉饕餮后的残羹冷炙间穿过，脚步踉跄地爬上煤炭家属院那栋熟悉的破楼，然后心虚地打开402室那扇丝毫不防盗的防盗门，轻手轻脚地进门，换鞋，开灯。空气里弥漫着由鼻涕和泪水主导的绝望气息，唯一一间卧室里，水蓝色床单上空空如也。在床尾靠近窗户的位置，木青光着脚，瑟缩成一团，披头散发地坐在地上。我俯身抱住木青，她瘦弱的身躯在我怀里不停战栗。

"木青，你怎么了？"我低声说，不敢看木青的脸。

"你又辞职了？"木青抬头看着我，眼神里满是绝望。

"没事，我很快会找到更好的工作的，我打算去私人医院做文案，我有医师资格证，又能写，他们没有理由不要我，说不定年底我就能混个部门经理。"不知从什么时候开始，我撒起谎来，已经脸不红心不跳了。

"我们只剩下两百元了……"木青无助地看着我，仿佛世界末日就在明天。

"没事,你不是后天就要发工资了吗?暂时紧巴一点,等我找到工作就好了。"我真没想到,这样没出息的话,我竟说得如此顺其自然。

"周三顾,我们不能再这样下去了!"木青开始歇斯底里起来。

"没事,真的,等我找到工作,咱们两个人,两份工资,没问题的。"我继续做出一副漫不经心、毫不在意的样子。

"我被开除了……"

"开除了?怎么可能,你工作那么认真,你的业绩是最好的,怎么回事?"

"我打你电话没人接,我去你单位,人家说你早就辞职了。我请假找你,经理不批假,我偷偷跑出来,从东门到骡马市,从骡马市到玉祥门,只要是咱们去过的地方我都去了,就是找不见你……经理说我不用回去了……我都三天没有吃东西了。"木青被炒鱿鱼了,这意味着我们俩已经到了露宿街头的地步。我搂起木青,从兜里掏出小艾留下的"考务费"。木青疑惑的眼神告诉我,我需要一个谎言来让这笔来路不明的钱财充满正能量。

顾况很早就说过,"长安居,大不易"。为了能在长安住下去,我和木青分头行动,她往南,我往北,两人重新找工作。那半个月,我们混迹于各大人才市场,参加过二三十场面试。我们一起看《致我们终将逝去的青春》,一起逛超市,一起吃最便宜的旋转小火锅,一起做饭、洗碗,一起在城墙根下遛弯,一起回忆我们的大学生活。总之,我们前所未有的幸福。很快,我和木青都找到了工作。木青在南门外一家美容医院继续做激光脱毛,我在骡马市的妇产医院做文案。日子像流水一样重复着,蓝天之下无新事,直到我再次接到小艾的电话。

## 六

当小艾在电话里兴奋地告诉我,她弟弟艾丽伟以高出第二名13分的成绩进入面试的时候,木青刚刚在作家陈忠实的老家灞桥区开始了为期一周的培训。小艾在电话里激动地哇哇直叫,连说五遍艾丽伟进了今年宜川县府的面试,因为笔试成绩遥遥领先,已经通过私人关系打听到同一岗位的后两名早已无心面试。也就是说,小青年艾丽伟已经是一名准公务员了。小艾不会知道,听到这个消息时,我比她惊讶一百倍。小艾约我周末一起爬山,我说好。我爱木青,同时也无法拒绝小艾。小艾是毒药,我甘心服毒。

天气很好,我也很好,小艾依旧很漂亮。我不知道小艾要把我带去哪里,更不想问,只要和她在一起,我就开心。依旧是三个多小时的车程,相比于宜川之行的一言不发,此时的小艾简直是个话痨，不仅是个话痨，还是个满是风尘味的话痨，活像一个"老司机"。小艾变了。因为有了前车之鉴，我开始在小艾面前表现出一副正人君子的模样。我极力控制着自己不去看她脖子以下的部位。兴许是识破了我的小伎俩，小艾不断用肢体语言和充满性意味的词语撩拨着我，险些扒下我伪君子的面具。

在秦岭北麓一条不知名的小道上，小艾说热，然后停车，继而当着我的面开始换衣服。如此咄咄逼人，如此嚣张，此情此景，若不就地正法，我就……

可小艾对我的折磨才刚刚开始。在接下来的几个小时里，小艾用几十种不同的语调反复问我："周三顾，你是不是很想上我？"一万个大写的"想"字在我的心头飘过，可到了嘴边却成了："小艾，我想上你一辈子，而不是一阵子……"不知是因为这个答案既猥琐又虚伪，还是因为这个答案本身就是错的，听了我的回答，小艾号啕大哭。

从秦岭回到西安，小艾再没有联系过我。木青不在的时候，我无数次拨打小艾的电话，却一次也没有打通，心情随着天气一点点变凉。瑜伽、模特，关于小艾我只知道这些，我像个盲流徘徊在西安街头，向所有路过的带有瑜伽或者野模气质的人打听她的消息，到我看见的所有与瑜伽或者摄影有关的店面里找寻她的踪迹。然而，这一切都是徒劳的，小艾从我的世界里消失了。

## 七

秋天离开的时候,我学会了喝酒。在东大街那些不起眼的小酒馆里,我一点点养肥了自己的酒量。原本一瓶啤酒就能喝醉的我,如今咕咚、咕咚、咕咚,一斤白酒闷下去,照样数得清西安城里有多少座门楼。

那个周末的傍晚,在长乐坊,我醉了酒,倒在一家叫忆长安的小酒馆门口,吐得一塌糊涂。木青一次次给我打电话,我却抖得厉害,怎么也接不通。长安街头车水马龙,古城人民像围观一条死狗一样围观我。浩荡的夜色里,除了木青,我想不会有第二个人在意我的死活。

天擦黑的时候,一辆红色汽车停在了路边。记不清小艾是怎么把我弄上车的,我极力控制着自己,可还是吐在了车上。在后宰门附近,小艾停下车,把死猪一样臭烘烘的我拖出来,再一点一点拖进电梯。在小艾的单身公寓里,我吐了第二次,然后是第三次、第四次……卫生间里传来小艾洗澡的声音,莲蓬头哗啦啦地响个不停。

酒醒的时候,已是凌晨两点,房间里的灯依旧亮着,小艾坐在客厅的瑜伽垫上,双目紧闭,神态安详。你知道的,小艾是楼下健身房里业绩最好的瑜伽教练,当然,也是最漂亮的一个。我熄了灯,重新躺倒在沙发上,没有叫小艾。天亮的

时候,小艾不见了。早饭放在桌上,一大杯牛奶、一个苹果、两片面包。旁边的纸条上有小艾的留言:

我知道你喜欢我,但我不是个好女人。这次回西安仅仅是收拾行李,没想到会遇见你,也算有缘,可惜"缘"字后面没有"分"。走前关好水、电和房门,不要找我,更不要到宜川找我。再见。

我不知道这是好事还是坏事,回到住处的时候,木青没有问我为何夜不归宿,只是看着我,淡淡地叮嘱:"少喝点吧,你才二十三岁。"我没有说话,深吸一口气,抱起她,向卧室走去……

## 八

我怎么也想不到,再次见到小艾会是在我工作的医院。西安下了入冬以来的第一场雪,我穿着木青从网上为我淘来的廉价羽绒服,坐在企划经理对面正阐述着我最新的产科营销方案,手机里刀郎的《2002年的第一场雪》就响了起来,很是应景。"对不起,我不该打搅你的,但是我实在不知道该给谁打电话了……"是小艾,她的声音已经刻在了我的骨子里。

"这是一个很俗的故事,你想听吗?"在妇科候诊大厅,小艾啜泣着说。

"别哭,说吧,有什么事儿,咱们一起面对。"我的声音坚定得连自己都不敢相信。

"我……怀孕了……大概……两个月了。"小艾几乎是一个字一个字地说完了这句话,而我却淡定地像是早已料到一般,没有任何表情,"我……祝福你们,好事儿。"

"他不见了……"

"谁?"

"就是他……我说过的。"

"你们不是……不是早就分开了吗?"我已经无法掩饰内心的震惊。

"前段时间,咱们从宜川回来后,他也回来了。"

"你怀孕了……那他怎么就跑了?"

"他结过婚了……"

"那……你怎么打算的?"

"我怕,我想你陪我,陪我一起,把孩子拿掉……"

小艾在手术台上的时候,木青又一次在微信上告诉我,她不想在西安漂下去了,她想跟我回老家,想嫁给我,然后生一堆孩子。

天越来越冷,我往小艾住处跑得越来越勤,回建国路的次数越来越少。小艾的身体一天天好转,木青回老家的心情也一天比一天强烈。在建国路四巷,木青给我做饭,给我洗衣服,给我揉肩捏腿。我吃完木青做的饭,穿着木青给我洗的衣服,出现在后宰门小艾的住处。我来给小艾洗衣服,给小艾做饭。小艾给家人打电话的时候,我也会在旁边插上几句。县政府公务员艾丽伟问我是不是小艾的男朋友,小艾看着我,笑着说:"人家都说卫生局的干部都不卫生,这样的姐夫,你敢要吗?"我的脸就红了,只是这脸红的原因只有我自己知道。屋子里暖气开得很足,虽是寒冬腊月,小艾却依旧穿着短裙,白皙而修长的小腿晾在沙发上,让人眼晕。今天是木青生日,吃午饭的时候,兜里的手机振个不停。我背起包,向小艾告别。小艾头一次没有起身送我,开门的时候,小艾说:"留下吧,给你买了洗漱用品,很久了。"手机振得我心乱,我知道,木青在等我。我转身看了看沙发上的小艾,此刻,她是一桌有毒的山珍海味,而我是一头犹豫不决的饿狼。

　　离开小艾的时候,木青已经在和平门外的一家西餐厅里等了我五个小时。木青没有骂我,不仅没有骂我,她还从我们两人的QQ空间相册里挑选了几百张我们恋爱以来的合影,花半个月时间把这些照片做成了视频。现在,她就坐在我的对面,向我展示着她这半个月来的成果,背景音乐是许巍的《时光》。我哭了。我不知道木青有没有察觉到小艾的存在,她从未盘问过我为何总是彻夜加班,只是一味地告诉我,她想跟我回老家。

那天晚上,木青兴高采烈地打电话告诉我,她的家人已经为我们择好了订婚日期,就在下周末,腊八节当天。与此同时,小艾正枕在我的腿上,和电话那头的母亲也正商讨我们的订婚事宜,良辰也是腊八。小艾说她什么也不要,只要我跟她回家,一家人吃个团圆饭,就算订了。我说:"日子太赶,按照我们老家的风俗,我要准备两只公鸡、两只母鸡、四条鱼、六十斤猪肉、八十斤牛肉和一只羊,另外最少还要三万一千八百元的聘礼。"小艾说:"不要,不要,土不土啊,我有你就够了。"小艾的话灼伤了我的眼睛,眼角渐渐湿润起来,我说:"小艾,我对不起你……"小艾用热烈的吻堵住我的嘴。"小艾,我真对不起你……""真没事,只要咱们能在一起,我真的什么都不要,你就是我的黄金屋,就是我的千钟粟。"和我待久了,小艾竟也时不时冒出几句文学语言。我说:"小艾,谢谢你,我……我爱你。"小艾俯身在我肩头,幸福得像个孩子。小艾说:"亲爱的,我怀孕了,你要当爸爸了……"

腊月初六,西安暴雪。

我在微信上向小艾告别,然后关掉手机,和木青坐上了回老家的火车。K字头的绿皮火车要二十一个小时才能到达我的老家山东临沂。离到站还有半小时,我打开手机,无数个未接电话和短信涌了进来。小艾说她买了高铁票,然后换乘三个小时汽车,已经先我一步到达;小艾说她正在出站口外等我,山东的雪比西安更大;小艾说她把自己站成了一个雪人,她要亲口问我到底要回哪个家。零下十摄氏度的齐鲁大地银装素裹,我却出了一身的汗。

我给姐姐发微信,告知不必接站。姐姐回复说今年冬天的雪好大,一家人都已在出站口等我,顺手发过来一张接站照片。照片里,我的家人纷纷用棉手套捂住耳朵,镜头外围,一个接站的漂亮姑娘,个子高高的,顶了一身的雪……

我挂断电话,侧身看了看上铺的木青,发现她正俯着身子目不转睛地看着我。我长吁一口气,以为她早已发现了什么,等着悬在头顶的剑落下来。木青却喊了一声我的乳名,从怀里掏出一包用体温焐热的牛奶,递给我:"车里冷,喝点牛奶暖和下吧。"我接过牛奶,转身背向她,眼泪模糊了我的眼睛,头顶也响起一个熟悉的声音:各位旅客,临沂站,马上就要到了……